一树幽兰花落尽

韩静慧/著

中国華僑出版社

图书在版编目(CIP)数据

一树幽兰花落尽 / 韩静慧著. —北京:中国华侨出版社,2012.4

ISBN 978-7-5113-2245-6

Ⅰ.一… Ⅱ.韩… Ⅲ.长篇小说—中国—当代 Ⅳ.I247.5

中国版本图书馆 CIP 数据核字(2012)第 038856 号

● 一树幽兰花落尽

作　　者 / 韩静慧

责任编辑 / 崔卓力

装帧设计 / 袁剑峰

责任校对 / 高晓华

经　　销 / 全国新华书店

开　　本 / 787×1092 毫米　1/16　印张 /15.75　字数 /220 千字

印　　刷 / 廊坊市华北石油华星印务有限公司

版　　次 / 2012 年 6 月第 1 版　2012 年 6 月第 1 次印刷

书　　号 / ISBN 978-7-5113-2245-6

定　　价 / 28.00 元

中国华侨出版社　北京市朝阳区静安里 26 号　邮编:100028

法律顾问:陈鹰律师事务所

编辑部: (010) 64443056　64443979

发行部: (010) 64443051　传真:(010) 64439708

网　址: www.oveaschin.com

E-mail : oveaschin@sina.com

目 录

（一） 歪才怪女

1.

朵莱走进学校那天，正是玉兰花开的最美的一天。

朵莱惊讶地瞪大了眼睛，迷茫地望着校园里那些大大小小的白玉兰树。

那些花在阳光下放射着清一色洁白的夺目光彩，真是千花一色，万蕊一芯；皎洁清丽，缀满枝头。美得让人心醉，香得让人生幻！生在牧区的朵莱见过草原上的石头花金莲花格桑花龙胆花甚至狼毒花等等几百种花，但就是没有这么多像山鹞鸟一样都挤在一个地方扇动洁白翅膀的美丽花儿。

朵莱闭上眼睛，深深地呼吸着白玉兰花的清香。

爸爸临走时指着玉兰树叮嘱朵莱说："朵莱，希望你像这些花树一样在北京生根、发芽、开花。"

爸爸说完这句话拍拍朵莱的肩膀就走了。

朵莱对着那些花朵大声地说：

"哈，北京，朵莱来啦！我一定会在这里开花结果的，哈哈哈……"

朵莱带着这种亢奋的心情向教学楼上爬去。

2.

听说有个蒙古族女生要来，乔志悄悄地跟老师要求和这个女生同座，王老师答应了。

乔志最喜欢听草原的歌曲了，他们全家都爱听，因为爱听草原歌曲，乔志就有点喜欢蒙古族的人。所以在朵莱没进班之前，乔志就一个人坐在座位上美滋滋地幻想着，想着朵莱的长相，想着朵莱穿的衣服，想着朵莱的性格。

嘿嘿……她肯定穿着粉色的蒙古族袍子，头发上扎着蝴蝶结。就像一篇小说《月亮湖边的鸽子花》里的那个小格拉一样让人喜欢。

乔志不但对蒙古族女生有兴趣，也非常崇拜蒙古族男人，他认为草原上的男人都是那么豪气万丈，都是那么善良勇敢，他们牵狼射雕、骏马长嘶的生活让乔志羡慕不已。

唉，乔志有点等不及了！时间怎么会如此漫长呀。老师一星期之前就说班级里要进个蒙古族学生，可是到现在还没来。

第二节课的铃声刚响过，一个女生在王老师的带领下进班了。

啊，怎么会是这样？不对吧，不会是那个叫朵莱的蒙古族女生吧。

当老师宣布朵莱和乔志一个座位的时候，乔志控制不住地叫喊起来：“NO，NO。”

后排的米诺捅了乔志一把：“怎么啦，跟你一座不行啊！这是

抬举你，就你那张满口跑舌头的漏风大嘴，人家不嫌你就阿弥陀佛了。”

米诺哪里知道是乔志自己要求和朵莱一座的呀，还以为是老师安排的呢。

马科也用手捅了捅乔志：“喂，哥们儿，不错嘛，多浓的乡土气息呀，绿色产品。”

然后，几个男生不怀好意地窃笑起来。

这个女生没有穿什么蒙古袍子，穿的是一件和大家一样的肥硕无比的蓝白色相间的校服，乔志最恨自己身上的这身校服了，怎么草原来的女生也穿和自己一样难看的校服呀，真是全国一盘棋！这样的烂校服都打入草原了，真是无孔不入呀，郁闷。

乔志的目光又从朵莱的衣服转移到她的脸上，这一转移，更让他倒抽满口冷气：靠！这是个连耳朵眼都被太阳晒得黑黑的典型的土丫头。

乔志大呼上当！那个郁闷呀。对蒙古族女孩所有的美好幻想在那一刻全部坍塌了！

朵莱坐在乔志边上，看见乔志对她带搭不理的，心里很不舒服，但脸上却没表现出来。爸爸刚才在路上可嘱咐自己了，到了新环境要和同学们好好处，吃亏就是占便宜，凡事让着别人点。爸爸还让她记住一句蒙古族谚语：没有不需要翅膀的鸟，没有不需要朋友的人。

班级里很乱，朵莱往外掏书，然后写字。

乔志斜眼瞅瞅朵莱伸过来的胳膊肘，厌恶地喊：“喂，你越过了警戒线。”

朵莱惊慌地抬起头来，将胳臂往里挪挪。

乔志站起来，鼻孔朝天，眼睛低垂，朵莱不明白他要干什么，抬头瞅瞅，又低下头去继续写。

乔志忽然大吼：“懂这儿的规矩不？不懂学着点。”

朵莱吓了一跳：“我怎么啦？干嘛那么凶呀？”

乔志不耐烦地说：“闪开，闪开。”朵莱站起来，乔志走了出去。

朵莱看看走出去的乔志，不满地嘟囔着坐下：“有什么了不起的。”

3.

中午放学朵莱回了宿舍，到了宿舍门口见两个涂着血红的嘴唇、头发金黄的女孩正骂骂咧咧地站在那，朵莱绕开她们，推门刚要进屋就听见一声尖叫：“喂，不许进去。”

朵莱听了这一声尖叫吓了一跳，惶惶地说：“我是新来的！住在这屋。”

个子高的那一个女孩点点头笑着说：“唔，新来的。”她自言自语说完这句话，忽然又将声音提高了一个八度，面目也变得狰狞起来：“我床上的提包是你的吗？”

朵莱进了宿舍，看见自己那个红提包大模大样地躺在一张挂着白丝蚊帐的床上，床上乱七八糟地堆放着一些 DVD 盘、ZPOD，还有口香糖、润唇膏等，提包下还压着许多杂物。

“对不起，对不起！”朵莱将自己的提包拎下床。

“喂，乡巴佬，说声对不起就没事了？你看，你的提包压坏了我的东西！”大个子女孩颠着小腿说。

“我赔你。”

“你赔得起吗？这全是进口货?”

大个子女孩蔑视的口吻惹恼了朵莱，她也眼睛一瞪，将提包奋力地摔在自己的床上：“你涨包（内蒙东部土语）什么呀，不就是些破烂吗？”

大个子女孩扑到朵莱的床上，将红提包拎起来“啪”的一声摔到地上：“摔、摔、你不是想摔吗？今天咱们摔个够，食肉动物，你横什么横！也不打听打听我是谁。”

正在这时，王老师走了进来，她竖起圆圆的眼睛厉声喝道：“米诺，你又在欺负新来的同学！”

王老师是这班的班主任，接这个新班才一个月，但这一个月平均每天得把她的脸气绿三次！这些可恶的富家孩子一身都是八旗子弟的懒散和傲慢，有的乖戾无常，有的横行霸道，有的娇气十足。生活方式在老王看来更是一个比一个腐烂奢靡……

就说这个米诺吧，虽然她的父亲只是本市建设局局长，她并不属于富家的孩子，但派头却比富家孩子还富有。开学的那天一家人拉着半车的行李，前有父母开道，后有保姆和司机陪同，一路招摇着进了宿舍，她一个人的东西就占据了宿舍大半个江山。与人相处也飞扬跋扈伶牙俐齿尖酸刻薄，即使是开一句玩笑也要压别人一头。

王老师和她一见面就嫉恶如仇地盯上了她的金色头发红嘴唇，扬言与此势不两立。在劝说、开会等无效的前提下，她还组织人将其捉进办公室进行强行修剪，以为从此就铲草除根，哪知道米诺的金头发是野火烧不尽，春风吹又生。而且米诺还以压抑个

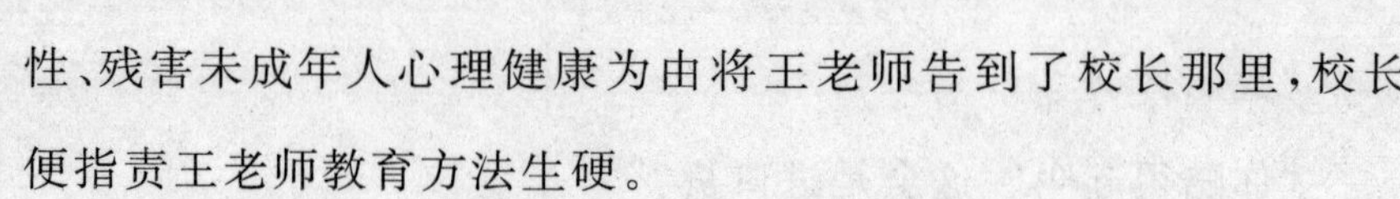

性、残害未成年人心理健康为由将王老师告到了校长那里，校长便指责王老师教育方法生硬。

这所学校因为是私立的，把生源看得很重，有学生才有发展，得罪学生的事是万万做不得的。事情虽然不大，但也弄得王老师一个多月坐卧不宁、如履薄冰，从此对金头发、红嘴唇一类的事睁一只眼闭一只眼，她记住了校长的话：思想工作要慢慢来。

当然了，这所学校的富人怪人之多还轮不上高一(三)班。有的班级还有一些更惊世骇俗的校园独行侠，他们长发垂肩(男同学)、耳环叮当，这些人鼻孔朝上，没有什么人能在他们的话下。他们追校花，打群架，进酒吧，稍不顺心就敢把大板砖拍在同学和老师的脑袋上。

王老师是一个老革命生下来的中年革命，从小就受革命传统教育，自然是看不惯这等“坏孩子”的，常大骂世风不古，痛斥其为校园的“恐怖分子”。

立才学校是这个城市的一所高收费的私立中学，学校条件优越，实行全封闭管理，学生的衣食住行一包到底。那些有钱却没有时间照顾孩子的家长，都纷纷将自己的孩子送到这里来就读。

可是你看看这些少爷小姐们是来学习的吗？比吃比穿，炫富炫酷……一开始，王老师本是希望家长和自己保持一致，共同抵制班级里腐朽的生活方式，让孩子朴素健康地成长，但她很快就发现，家长们就是孩子继续腐朽的助推器，根本就指望不上。一到了周五，宿舍楼前就挤满了来接孩子的迈巴赫、劳斯莱斯、宾利等豪华车，楼道里穿梭着来拿脏衣服的私家保姆。这些学生就是把自己的衣服送进学校的洗衣房这么简单的事情都不愿意自己

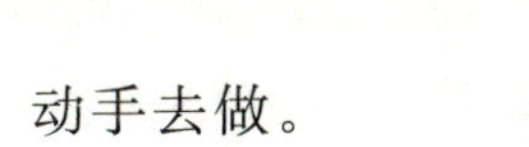

动手去做。

不说他们玩的手机、穿的用的都是什么牌子了，就是到食堂里走一圈，就够让老王心惊肉跳的。食堂里的剩饭剩菜一桶一桶地往外倒，什么馅饼、鸡腿都是整个整个的，连皮都没破就让他们扔在垃圾桶里了。看着这些，六十年代出生的王老师心疼得肝都颤抖，在她看来，学校的食堂里顿顿都是其他中学里无法比拟的美味，但这些孩子还是牢骚满腹，一到了吃饭时间食堂就冷清清的，这倒火了校门口那些饭店。

老王看到这些气得颠三倒四的，她回到班级哆嗦着指着台下的学生说：你们每人写一篇作文，分析一下浪费粮食和奢侈的可耻！

学生们叫苦不迭，在作文中写道：万恶的粮食呀，你可把我们害苦了……

王老师一看作文，气得唾沫横飞：“……我年轻的时候，写字没钱买纸，一张纸使四遍，使完前边使后边——铅笔使一遍，钢笔使一遍。为了考学，我每天都点灯熬油到半夜。那时候年三十吃什么，一顿玉米面条就香得咂半个月嘴巴……你们的家长每年花几万送你们干什么来啦？你们要节约，你们要长志气……”

可是学生们对老师这样语重心长的“艰苦朴素”教育并不领情。有人在校报上冷嘲热讽地抨击老师的言论：“现在是一个消费的年代，国家发放贷款鼓励民众购房、买车，进商场大力消费，以此来拉动经济。可我们身边的某些老古董们却还在那里大力鼓吹‘节约闹革命’，是他的思想跟不上时代了，还是有意和政府唱对台戏？如果我们真像他说的那样一张纸也要使四遍，凡事节

约，我们的各大商店还能卖得出去商品吗？我们国家的经济还能腾飞吗？我们的GDP还能上去吗？”

文章还说：要做穷人，就要做得干净，清爽超脱。紫了吧几的纯毛上衣再配上黑色的裤子实在是巴！

若是再套上一件马甲就是巴，巴，巴啦！

文章在最后还劝慰那些跟不上时代的人不要站在讲台上再兜售自己出土文物一般的思想了，趁早回家抱孙子去吧！

文章一刊出，立刻引起了轰动，学生们拍手叫绝！

王老师看见报纸后鼻子都气歪了，因为她正好穿了一件紫上衣和蓝马甲！

王老师气急败坏地找到校报编辑部问这写文章的“秋水厉夫”是谁，编辑说，匿名稿件，电脑打印，死无对证！

王老师噼里啪啦地将手中的报纸粉身碎骨！

4.

第二天开始，朵莱的内心就有了一种惶惶不安的感觉，她分不清立才的东南西北，只感到它太大，里边的人也太多。她总觉得自己是个贸然的闯入者，像草原上的一棵野草，忽然被人移栽到了皇家大花园里，又孤独又有点无助。放眼一望，立才的学子们各个青山绿水，穿着“入世”。虽然是有校服，但大家只在每周一升旗式的时候才穿，平日里谁也不穿那肥硕无比的劳什子。

心情烦乱不定又孤独的时候，朵莱就看白玉兰花。

正对着朵莱他们教室的，是校园里最大的一棵白玉兰树，既幽素雅洁，又壮大雄奇，光是树上的花就映白了整个校园的天空。

枝头上一簇簇的玉兰洁白如雪，似千千万万个山鹞鸟挨挨挤挤地站在了树上，风儿一吹，万千个白色的鸟儿就扇动翅膀，将她的香气送遍校园的各个角落。

朵莱正眯着眼睛深深地嗅闻玉兰花的香气，忽然听得一个人在旁边轻轻地吟哦："素娥千队雪成围，一树银花，满园香雪。"

朵莱回头，看见身旁一个很漂亮的女孩子正痴呆呆地盯着白玉兰花儿在看，朵莱知道这女孩叫夏桔，和自己一个宿舍。她们两个的床对着，朵莱到校都一个星期了，还没有机会和夏桔聊天，两个人碰面的时候，夏桔总是恰到好处地淡淡一笑就走过去。

朵莱觉得这个夏桔很神秘，按说，依夏桔的朴素穿着，她是进不了这所私立学校的。你看，一条霜白色碎紫花的长裙，好几天都没见她换过。而且，她没有手机，也没有那些女孩子们个个都有的花样翻新的化妆品和小饰品。摆在她宿舍桌上的一台电脑笔记本也是很低档的，一看就是几千块钱买的便宜货。这些都让她在这一堆身上穿着名牌、脚上蹬着名牌、手里提着名牌的富家孩子当中显得另类而且寒酸。在教室里她总是静静地看书、记笔记。从没见她化过妆，脸上总是那么清清爽爽、干干净净；也没见她逛过街，进过小食品店；更没见她与谁长时间地闲扯过。当她夹着书本从宿舍走出去，远远一看，整个人笼罩在一种淡淡的忧郁沉迷之中，就好像那些躲在树的最矮处见不到更多阳光而柔弱纤细还散发着淡淡忧伤的小白玉兰花一样。

朵莱还观察到，在班里，不仅仅是乔志这样的男生对夏桔着迷，就连女生们也想靠近她。夏桔一走进班级就会有好多双眼睛同时投射过去，即便是她的背影也会引来无数的关注。而米诺别

看表面很傲慢张扬，但眼睛也在夏桔身上打转，创造各种机会想和她套近乎，但都被夏桔不冷不热的态度隔开了。

有一天夏桔着急打个电话，但宿舍里的电话坏了，米诺便将自己的一部新款的名牌 3G 手机递给夏桔说："随你用！"

"不，谢谢。"

夏桔扔下这句话，抬腿走出了宿舍。

"啊呸！清什么狗屁高呀！"米诺恼羞成怒，立刻跳起脚来……

米诺学习成绩很烂，生活习惯又不好，还有作弊、打群架跟老师抢椅子的前科，这些缺点使不少老师和学生瞅她的时候都使用"卫生眼球"。尽管她长得很漂亮，尽管她每天都裹着国际一线品牌 LV、Chanel、Armani，就是劳动的时候"阿迪达斯"、"耐克"也不下身，但并没有给她增加什么魅力！

天天和米诺在一起混的是神叨叨的程青青，据说是亿万富翁的千金。按着朵莱的想象，亿万富翁家的女儿都应该像格林童话里的小公主一样美、一样的超群脱俗才合乎逻辑，可她身上的衣服红一件绿一件的，要多俗有多俗，而且她胖得实在是让人不敢恭维，一走路全身的肉都在颤动，好像肥得随时都要流下油来一样。她的爱好就是游览一些算命的网站，喜欢研究星象和人生之间的神秘关系，喜欢美食，随时将世界末日这样的话题挂在嘴巴上，这样的女孩子，吸引力当然是大打折扣了。

而朵莱这个牧区来的土丫头呢，别说是朵莱那拿不出手的长相，就是朵莱那一口土得掉渣儿的内蒙东部的口音和方言就把北京的孩子搞得"迷迷登登"的。比如朵莱骂乔志："我懒得车车你

这户地。”“瘪犊子”，有人向老师打了朵莱的小报告，朵莱就骂她：“真欠儿登”“看你那朝种样。”米诺的臭袜子和拖鞋在宿舍里到处扔，朵莱就嘟囔：“真各应人。”

一住进宿舍的时候，米诺和程青青合伙欺负朵莱，朵莱因为刚来，对环境还不熟悉，只好先夹着尾巴做人，但心里一直安慰自己：“我都不带浪系她们地。”（不搭理的意思）

所以，朵莱对大家的吸引力就是因为朵莱的土气和可笑，有时候朵莱的一句顺口说出来的话，能把周围同学都笑翻天或者一个个都变得“傻嘛瞪眼”的。

而安静礼貌文雅的夏桔在男生们的眼中与米诺青青朵莱她们几个正好相反，打个比方说吧，如果夏桔是一株散发香气的白玉兰，那她们三个就是一丛没有香气的狗尾巴花。

而乔志就是一个专门研究香味的专家，对朵莱这没有香味的狗尾巴花自然是从骨子里就厌恶的。

朵莱很想和夏桔打个招呼，但夏桔看朵莱盯着自己看，立刻低下头离开了。

这个时候，其他的同学正围着神经兮兮的程青青算卦。程青青眯缝着小眼睛，摇着大脑袋，拉着班长马科的左手煞有介事地观察：“哎哟，班头，你的手好软呀，‘贵人之手软绵绵，清闲福自添’你就等着享福吧。让我再看看你的婚姻线。”

程青青看着看着忽然惊叫起来：“哎哟，你的婚姻线向下撇，分叉，你将来的婚姻可不幸呀，肯定要走离婚那条路！”

几句话弄得马科恶心半天：“胡说八道！”他气愤愤地堵了程青青一句。

“喂，对小姐说话客气一点，可别丢了咱贵族的风度!”乔志凑上前去嘲讽地说。

马科的爸爸是银行的行长，马科本人又是班长，所以平日里同学们都开玩笑地喊马科贵族，马科并不反对，看样子还很受用。马科这个班长的职务不是班级的学生选出来的，而是一开学就被老师任命的，这就让许多同学很反感，但老师也有理由：刚开学谁都不了解，让马科先代理着。

而班级里反感马科的代表人物就是乔志：嘿！说的好听，怎么不让别人代理着，偏偏让银行行长的儿子代着！

马科当上班长的第一天，乔志就跳出来和他作对了，带领着一大批人冲着马科扬鼻孔。

乔志的爸爸妈妈是从摆地摊开始做买卖的，经常被市场管理人员追得到处跑。发迹以后也经常和工商税务的打交道，所以乔志耳朵里从小就灌满了父母对贪官的咒骂声，也在他的心里刻下了对所有贪官的仇恨，所以在高一(三)班每当大家议论时政时，乔志的叫声最响亮。

有一次，乔志还设计了一个“如果你有机会腐败，你怎么办?”的调查问卷发给高一(三)班的学生，结果有三十个学生填的都是“坚决腐败”，这让乔志痛心了一个晚上，一脸的绝望。

可是第二天早上，乔志还是愤怒地走上了讲台，拿出呕心沥血写成的稿子进行了慷慨激昂的演讲，演讲的主题是：反腐败一定要从娃娃抓起！

上课的铃声都响了，但坐在朵莱旁边的乔志对算卦还意犹未尽，转过头去对和米诺同桌的程青青说：“青青，你给夏桔也算

一算。”

“不知道她的生辰八字，怎么算？”程青青为难地说。

“你不是说用名字测也行吗？”

“我奶奶说那样最不准确了，我奶奶让我不要相信网络，要相信她。”

乔志嘟囔着转过头去：“你就喜欢听老古董的话，难道一个老太太的脑瓜比网络还要聪明吗？”

后边的米诺也嘟囔着说：“搞不懂这家伙为什么这么低调！”

程青青说：“凭直觉她是个有苦难历史的人。”

米诺不同意程青青的观点，她认为有不幸经历的人都与贫穷有关，而这个夏桔既然能进这所学校就说明她的身世并不坏。

两个人说话的声音虽然都很低，但朵莱还是听得清清楚楚。

5.

夏桔在班级里两次开口说话都和乔志有关系。

那次也是夏桔站在班级的阳台上呆呆地看白玉兰花，乔志凑了过去，他看见夏桔连头都不抬，就假装趴在栏杆上也假模假样地欣赏白玉兰，但始终用眼睛的余光瞥着夏桔，观察着夏桔的动静，他可能是希望夏桔能注意到自己，但夏桔始终没搭理他。这让他很郁闷，这时候正好一个漂亮的女孩在楼下走过，乔志就“嗷嗷”地给人家使动静，女孩抬头骂了一句：“流氓！”乔志学着阿 Q 的话反击那女孩说：“女人，牛 B 什么。”

下边的女孩听了乔志的话，抬头回应：“流氓不可怕，就怕流氓没文化。”

乔志跳着脚喊："我是四有流氓，你爱不爱啊？"

"四有流氓"是乔志平时骂班长马科的话，即：有才，有貌，有钱，有胆。

夏桔立即转头气愤地冲乔志说："你讨厌不讨厌！"

站在阳台上的其他同学也立刻齐声抗议，向乔志表示了极大的蔑视和愤慨。乔志哈哈大笑，那样子一点也不在乎被人骂了流氓，被夏桔攻击，好像还有点满足的样子，哈哈，夏桔和自己说话了呀！

这时候，透过阳台的落地玻璃，乔志看见马科穿着一身阿迪达斯晃进了班级，乔志用手点着马科对夏桔说："我怎么看见这小子就手痒，早晚有一天我要"扁"这贵族一顿，看他还穿不穿这些劳什子名牌在校园里晃荡。"

在男生群里，马科身上的名牌是最多的。乔志的家里虽然也很有钱，但他父母认为那是自己的血汗积累起来的，所以对乔志的用钱很计较。相比之下，乔志的穿着和朴素的朵莱差不多。但朵莱朴素得无怨无悔，而乔志却怨气冲天。很有意思的是，乔志把这种怨气不撒在父母身上，也不撒在女生身上，而是全撒在马科的身上，看见马科穿名牌就冒火。尤其是夏桔和马科一个座位以后，乔志瞅着马科就更牙疼了。

夏桔一声不吭，合上书走出阳台，留给乔志一个冷漠的背影。

夏桔第二次张口说话是下午自习时间。

乔志是传播小道消息和花边新闻的干将，他常常从网上获取一些最新消息和最刺激的新闻、丑闻来满足大家的胃口。不过对

他嘴里流出的东西，你只能分析着听，因为水分较多。他总是将这些所谓的新闻添加上自己的看法、主张，还瞪着两只绿豆眼将事情说得活灵活现，和真的一样。他还死呀活呀地发一些毒誓，令头脑不清晰的人信以为真。

那天下午，乔志一进班级就咧着大大的嘴巴宣布："诸位，诸位，我给大家宣布一个惊人的消息！"

闹轰轰的教室一下子静了下来，大家都将耳朵支起来。

朵莱见乔志在讲台前哼哼呀呀地卖关子，就着急地喊："什么事呀？快说好不好，看你吭哧鳖肚的。"

大家轰的一声笑了。因为朵莱的"吭哧鳖肚"又是一句土得不能再土的话，好在朵莱过去都说过，大家知道是费劲的意思。

有人喊："喂，你可千万别说范跑跑投海自杀，遗体漂到北京，正好被在大海中游泳的小燕子碰到！"

前一阵子，乔志就编撰了这出范跑跑跳河的故事，可没几天，有人就从地摊上买回来一张报纸，上边印着范跑跑的照片，人家范跑跑活得快活着呢。大家这才大骂乔志长了一张鸭子嘴。将来最适合开个"造谣广播公司"，可骂完之后仍然对他嘴里流出来的故事感兴趣。

"这回可是绝对绝对的真实，我编一个字让我的嘴巴长在屁眼上。"乔志说着就从书包里拿出了一张报纸！

"诚实有罪，虚伪有理。"

啊，什么？乔志把报纸展开亮给大家，一张范跑跑和郭松民的大幅照片展现在眼前。

这张报纸是专门发表网上读者言论的，很前卫。

大家都知道，范跑跑就是在四川地震的时候扔下学生自己逃生的那个老师。

范跑跑和一个叫郭松民的前两天在电视上进行了一个大辩论，一部分学生都看了这个节目，但对于网民的意见他们还真的没关注过。

乔志读报上有一个人的言论："如果我是范美忠，我一样会首先逃跑。我相信人不为己，天诛地灭。同时我也相信雷锋故事很多情节是被夸大的。在如此危急的时刻，我相信我一样会抛下所有身边的人，首先逃命保护自己。人和其他动物在这一点上没有区别，在遇到危难的时候总会首先想着要保护自己，这是本能。只有在确保自己安全的情况下才会去保护别人。除非你认为你生命的价值比你想保护的人要低得多，又或者你真的想死，再或者你觉得自己分文不值。范美忠的诚实在于他敢于表露人性。敢于挑战大众道德……"

乔志刚一念完，班级里一个柔和的声音响起："他在替自私的老师说话。"

大家寻着声音看去，啊，是她，夏桔。

一看美丽的神秘女生说话了，班级里轰的一声炸开了，乔志立刻声援她："就是啊，说这话的网友也不是有责任心的好东西！"

"就是，就是，坚决打倒不负责任的老师！"有人振臂高呼。

米诺站起来唱反调："我认为他们说的是真话，范跑跑是真实的，人就是自私的，说真话有什么罪啊？"

支持米诺的程青青等也跳起来表示支持……

班里分成了两大派，一派说：范跑跑狗屎；一派说郭松民

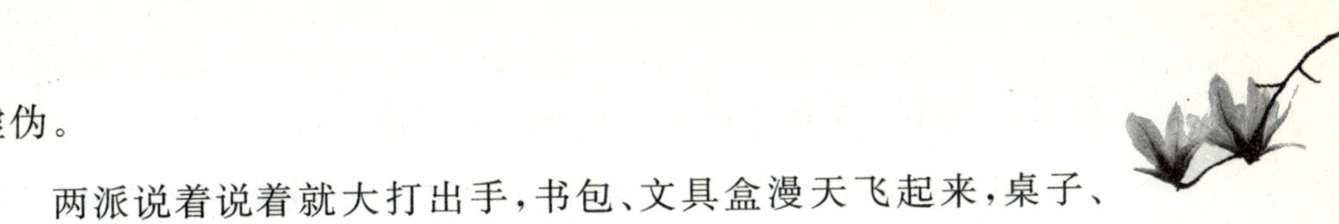

虚伪。

两派说着说着就大打出手，书包、文具盒漫天飞起来，桌子、椅子也吱吱扭扭地发出了痛苦的声音！

乔志挑起事端后，一看大事不妙，急忙溜走。他跑到办公室把王老师找来，才平息了这件暴力事件。但王老师来时，已有好几个"虚伪责任派"的脸被"真实狗屎派"分子们挠出了血。

王老师看见这帮败兵残将，张口就来了一句 rubbish，也不知道她是在骂垃圾还是在骂讨厌。

王老师并没有因乔志的及时告密而对他高抬贵手，而是将他作为主要肇事人罚扫了一个星期教室卫生。

当天晚上她们宿舍的女孩们都上网去查看了有关和范跑跑事件大辩论的评论，呵，网上很热闹，也分为两派，各说各的理。

但让朵莱不理解的是，支持范跑跑的网友数量似乎很多。

朵莱嚷嚷着说："估计这回范跑跑是彻底地歇了，永远被赶出了教师队伍。"

夏桔说："活该！这样没有责任心的人就是不应该当老师。"

程青青说："可是，人家范跑跑一下成了名人了，听说一个公司已经聘用他了，工资比当教师还高。"

夏桔说："那公司领导肯定和咱们班级那些'范跑跑派'一个档次，是毫无责任感的浅薄之辈，只想借助范跑跑出臭名而已。"

夏桔说完这话，忽然想起米诺，自知失口，忙咧咧嘴，但为时已晚。

米诺正站在床前铺行李，她本不想再发表什么意见，只想快点睡觉，可听见夏桔的话后，她回过身来，恼羞成怒地用手点着夏

桔说："我怎么学识浅薄了？你算什么东西？"

夏桔想解释两句，可米诺的嘴象机关枪似的，根本不给她说话的机会："你说你自己是什么档次？五十元的裙子，三十元的上衣，整个一个小瘪三，你见过'Armani'（国际一线服装品牌）吗？你穿过'阿迪达斯和耐克'吗？你坐过'宾利'吗？哼！说人家浅薄，我看还不知道谁浅薄呢，虚伪透顶！"

米诺大概是嘴巴骂干了，回头去找 coca cola。

夏桔气得嘴都青了："我是没见过 Armani，没穿过阿迪达斯和耐克，也没坐过宾利，但我的自我感觉良好，并不比谁差。"

米诺说："你可怜就可怜在这，我就不明白你这么土鳖，为什么在这个圈子里不自卑！"

夏桔蔑视地说："米诺，不管你穿的多么漂亮，用的多么高档，你的一举一动都显示着你低俗的出处。"

米诺听了这句话，疯子一样冲了上来。夏桔一闪，米诺扑了个空，一下子扑到了夏桔的床上。她愤怒地抱起夏桔的被子，气急败坏地顺着窗子扔到了楼下。

米诺眼睛都发红了，扭头又要抓东西发泄，朵莱一下子抱住她，将她推到了门外。

夏桔跑到楼下看见自己的被子正好落在楼下的一片湿泥地上，已经被沾脏了。她将被子送到了洗衣房里。

朵莱将米诺拉到操场上，说你噶哈（干啥）呀，不应该扔夏桔的被子，你的脾气真差！

米诺说："可把我气死了，她竟然说我的出处低俗，这不是骂我家庭出身没有她高贵吗！她算什么玩意儿？穷不拉几的。"

米诺的父母老家都是东北的，虽然米诺是北京出生的，但说话也受父母的影响，“穷不拉几”这个词朵莱一听就是东北话。

朵莱说：“我也不认为一个人穿得好、吃得好就出身高贵，衣冠楚楚却很各应人（土语，讨厌的意思），心灵肮脏、人品卑微的人在这个时代多得是。”

米诺说：“她竟敢那样对我说话！太伤人了。”

朵莱说：“你骂她的话我认为更磕碜（土语，笑话人的意思），别尽想自己的委屈。”

校园里很安静，月光很皎洁，操场上那些白色的跑道在月光下蜿蜒着，星星在无垠的天宇上闪烁。操场旁边的林荫道上人越来越少，微风送来了夜的凉气。

朵莱感觉到了冷，看看米诺只穿了一件短衫，就脱下自己的校服披在米诺的身上。

月光下，米诺一边说一边仔细地盯着朵莱看，朵莱诚恳和热心的态度让米诺对朵莱增加了几分好感。

朵莱心里也想：哼，青青对你不是好吗？可还是我在操场上陪你来消气。就你这妖道八势（土语，泼辣，不讲道理，穿得妖艳）的样，时间长了谁都会讨厌你。

朵莱为自己能有机会表现自己的热情而高兴，因为朵莱来的时间也不长，之前和米诺这样傲慢的女孩子说话机会也不是太多，朵莱知道米诺根本没把自己放在眼里过一次。

米诺忽然问朵莱：“朵莱，你的父母都是做什么工作的？”

朵莱说：“我的父母都是普通的牧民，原来是贩卖皮子的，后来又做奶豆腐生意，现在开蒙古族食品和饰品店。”

米诺说："哦，那不错啊，以后就有奶豆腐吃了。"

朵莱笑："可以啊，想吃多少都可以。"

米诺很高兴，她觉得朵莱这个人很直爽，问什么就说什么，很透明，心口一致，还不记仇。因为她知道自己没少欺负朵莱，但朵莱似乎都没往心里去。但夏桔这个人嘛，把自己裹得厚厚的，回答问题也避重就轻，躲躲闪闪，把自己搞得那么神秘，不好交，藏得太深。

她们聊了很多，很晚才回到宿舍里。夏桔已经睡下了，瘦小的身子蜷缩在一件上衣里。看着她那样子，朵莱拿起自己的被子，盖在了她的身上，然后钻进她的被窝说："咱俩今天晚上在一个窝里滚吧。"

米诺一边脱衣服一边盯着朵莱，眼神怪怪的，朵莱知道她很不高兴，因为刚刚和她聊完，她以为朵莱应该坚定地站在她那边了，没想到回到宿舍朵莱就和夏桔进了一个被窝。

米诺"咣"的一声把一本书扫到了地下。

朵莱和夏桔都没有吭声。

（二） 我喜欢你怎么办

1.

每天上课之前，夏桔都要习惯地站在窗户前发呆地看一会儿白玉兰树，她的眼光迷离，神情发痴，谁也不知道她在想什么。

按着以往的惯例，乔志总是凑上前去想借机搭讪几句，但夏桔也是习惯性地一看他过来了，立刻转身就走。

朵莱每次看乔志灰溜溜地往回走，就鼻子向外嗤嗤地冒冷气：色鬼！

从朵莱坐在这个座位上那天开始，乔志也没和朵莱说过一句有礼貌的话，也没正眼看过朵莱一眼。

朵莱虽然一脸的无所谓，但心里的滋味却很不好受。

朵莱一直想找机会和乔志说话，但乔志始终不给朵莱任何机会。

一直到“狗屎派”和“虚伪责任派”发生混战之后，乔志看朵莱坚决地站在自己的战壕里，才终于对朵莱开了金口，但话题仍然是离不开女生：“朵莱，你知道夏桔的父母都是做什么的吗？”

朵莱回头注意地看了看乔志，心里想，终于跟我说话了，虽然

一开口问的是别人的隐私，但只要开口就好："怎么，你很关心吗？"

"是呀，当然很关心了，毕竟夏桔是站在我这边的责任派嘛，哈哈，夏桔也站在我这边的，为了追随我的伟大见解，神秘女生也张口说话了，哈哈，这种感觉爽啊！"

朵莱狠狠地瞪了乔志一眼："对不起，无可奉告。"

2.

周五下午最后的一节课，一个体形偏瘦、梳着短发的气质女人出现在班级的门口，她有礼貌地敲了敲门。英语老师立刻放下书本走了出去。

英语老师姓左，戴着一副眼镜，长条白净的脸，高高壮壮的运动员身材，样子很沉稳，文质彬彬的，而且笑眯眯的，给人一种阳光灿烂的感觉，他风度儒雅，板书俊逸飘洒，是那种让女孩们一见就昏头昏脑的帅哥。

教室里立刻有无数双瞪得圆圆的眼睛争先恐后往外射，大家以为她是找英语老师的，于是唾沫飞溅："哇，好漂亮的 MM 呀！"

左老师出去和那女人说了几句话后就转身推开教室的门喊了一声："夏桔你出来！"

夏桔低头走出教室，那个女人转过头来，夏桔的眼睛立刻放出光彩，她嘴里喊了一声什么，拉上女人的手就向宿舍走去，那样子很快活。

米诺和程青青面面相觑："唔，原来是找夏桔的！"

下课后，朵莱和米诺青青急忙回了宿舍，因为大家都很关心

那个神秘的女人，她和夏桔到底是什么关系？但等她们到了宿舍的时候，那个神秘的女人已经走了。

窗台上多了一盆非常美丽的小巧的白玉兰花，那花正在开放，清一色的洁白，和校园里那些白玉兰一模一样，所不同的只是这一盆更娇小而惹人怜爱。

夏桔正对着那盆可爱的玉兰花用一把蓝色的吉他弹奏一首很快乐很优美很现代的曲子，她的脸上荡漾着深藏不住的甜蜜。这让朵莱大吃三惊：一惊是夏桔今天的开心样子是史无前例的；二惊是没想到夏桔还会弹吉他；三惊是……。

夏桔看见她们进屋，立刻放下吉他，转身从床底下拖出一个大网袋说："请大家共享。"哇！网袋里的食品真是丰富极了，除了一些时令水果还有果冻布丁、口香糖、饼干、薯片、巧克力、鲜虾片、怪味豆等等。

"哇噻，真是好吃大聚会呀！"

程青青大叫着扑上去，把一大袋果冻布丁抓在手里。撕开口子就一口一口地吞起来。

"喂，有点风度好不好？"

米诺蔑视地看着夏桔那些零食，觉得那些东西只有土包子才吃。她心里想，这些东西还配我米诺往嘴里扔？是呀，米诺的零食全是进口的，她很少吃这些国产货，对普通商店货架子上的那些国产的薯条等膨化食品从来都不屑一顾。

程青青狼吞虎咽，一副没见过真正好东西的草根面孔，哪里像个富家女，这让朵莱也很奇怪。

"家里这种东西多的是，可吃起来就是不香，为什么在学校里

吃什么都是香的呢?"程青青边吃边说。

"我知道什么原因!"米诺说。

"什么原因?"程青青问。

"只有吃别人的东西才香。"米诺说。

"是呀,我就是这样,哎哟喂,我怎么变得和乔志一样恬不知耻呀。"程青青自嘲地骂了一句。

程青青一边吃零食,一边爬到夏桔的膝盖处,仰着脸看着夏桔羡慕地说:"夏桔,没想到你会弹吉他。"

夏桔抿着嘴笑:"我从四年级就会弹了。"

"你跟谁学的?"

夏桔很平淡地说:"我妈妈教我的,她会弹许多弦乐。"

"哇,你妈妈教的,你妈妈是音乐教师吗?"

夏桔说:"不是。"

程青青张着嘴巴,继续仰着她那张傻瓜一样的嘴脸,今天她还真有点服气夏桔了,不但学习好,还会弹吉他,并且弹得那么专业,英文也是没比的。

看来程青青快要拜倒在夏桔的脚下了,这让米诺很不舒服,要知道,平时程青青可是围着米诺转,讨好和羡慕米诺的非凡能力的。

米诺瞪了程青青一眼,她最看不起程青青这副喜欢仰视别人的草根嘴脸了。米诺真的不明白,一个亿万富翁的千金怎么会养成这样一副下贱胚子样,一点富家孩子的派头都没有。

可是米诺的白眼没起任何作用,程青青仍然是一脸谄媚地对着夏桔。平时爱瞅米诺脸色行事的她,今天非常奇怪,米诺对她

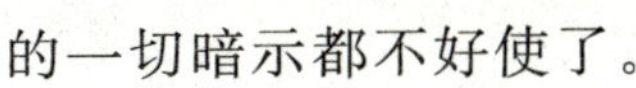
的一切暗示都不好使了。

而朵莱呢，也是紧靠着夏桔坐着，满脸都是欣赏，米诺越发地生气，敲山震虎地说："程青青，我爸爸说过一句名言，水至清则无鱼；人至贱则无敌。以后你肯定没有一个敌人。"

程青青弱智地问："什么意思啊，我没听明白。"

米诺不理她，只是用劲地咳嗽了一声转向夏桔："夏桔，刚才来的那个女人是你妈妈吗？她是干什么的？"

米诺问夏桔话，也忘不了斜一眼程青青。

夏桔愣了愣，随即笑了："喂，你们是克格勃吗？对不起，个人隐私部分无可奉告。"

米诺心里更不舒服了，但她脸上还是挂着笑："夏桔，你这样实在让人搞不懂，连父母都隐藏起来，而我米诺却一点秘密都没有，你们谁都知道我父母的职业、姓名、家庭具体情况，如果这也算隐私的话，那你把别人的家庭隐私瞧个底朝天，而把自己的家人藏起来，这公平吗？莫非有什么见不得人的事不成？"

米诺虽然是笑着说的，但朵莱感觉到了火药味，便立刻叉开话题说："夏桔，再给我们弹一曲吧。"

夏桔听了米诺的话也很不舒服，她心里想：哼，你也配懂我？但她没有吭气又接着弹，优美的乐曲立刻就在宿舍响起。

这时候几个男生听见了吉他声也走进了她们宿舍，跟着音乐唱起来："我为你唱首歌，祝你天天都快乐……"

"喂，夏桔，看不出来你还会唱这样快乐的曲子。"

乔志看见夏桔的零食，拎起提包气愤地说："呵，怎么不多给我们留点儿，你们也太馋了，岂有此理，快去再买点，顺便买几瓶

可乐。”

米诺说:“喂,你们走错宿舍了吧,这里可是201。”

乔志拍了一下脑袋,恍然大悟地说:“哦,看来我是走错地方了,我怎么一脚走到资本主义社会了,这里的东西都是私有制,不像我们那里已经实现了共产主义:牙膏脸盆共用,毛巾杯子共使,好吃的好喝的共享。我的内裤经常被别的哥们儿穿走,拖鞋更是常常不翼而飞,都是革命同志吗!四海之内皆兄弟也。”

朵莱忍俊不禁,吃在嘴里的零食都喷了出来。

夏桔说,剩下的这些你们都拿走吧,今后我们这里凡是吃的东西你们都可以共享。

乔志说:“看看看,还是人家夏桔大气,米诺吓得在那一声不吭。”

米诺说:“我懒得理你。”

乔志和几个男生的眼睛都落在了夏桔的身上,一齐喊着:“再弹一个,再弹一个。”

夏桔不弹,说自己弹得不好,让大家见笑了,男生们就围着她起哄,这些男生平日是从不敢走近夏桔的,夏桔也不理他们,但今天不知怎么啦,男生们和夏桔都很放得开,说说笑笑起来。

但无论男生怎么开玩笑,夏桔都是恰到好处地露出蒙娜丽莎一般的神秘微笑。

米诺被男生冷落在一边,假如她自己不偶尔参与一句两句表示自己还是个大活人站在这里,那真的就被大家忘记了。

米诺嫉妒地死死盯着被男生女生们围在中间的夏桔。

米诺从小就发过誓,永远不和比自己漂亮的女生交朋友,那

会让自己无法鹤立鸡群。她原来以为，夏桔这样的蔫萝卜不会成为自己的敌人。现在看来，自己错了。

3.

立才学校针对“贵族学子”们独立生活和自理能力极差等特点，要求政治思想教育课加上劳动课的内容，教一些洗衣物、擦地板、整理床铺等日常劳动技能的内容。立才先要立人嘛，这是立才学校向社会打出的口号，也是学校建校之初的教育理念，任何一个外人只要走进立才的大门就能看见“立才先要立人”这几个金光闪闪的大字。

家长们说：对这些学生进行生活劳动教育是立才的英明举措。

教劳动课的是一位穿着很花哨的女老师，姓关，她是教务处的副主任，同时还兼任着高中的思想政治课，喜欢眉飞色舞。牧区来的朵莱很讨厌女老师搔首弄姿的样子，只听了半堂课就偷着写英语单词，于是关老师很不满。

关老师敲山镇虎地说：“别以为我发现不了你在下边搞第二产业，我只是不愿意揭穿你。”

朵莱翻翻白眼不吭声，朵莱很不服气这个人，讲课的时候唠唠叨叨，没什么水平，有小道消息说，这个人过去是开毛衣店的，是从东北跑过来打工的，也不知道通过什么关系上了讲台。

朵莱的白眼让关老师觉得受到了蔑视，过了一会儿她冷不丁地叫朵莱起来回答洗衣服程序。

教材上的“洗衣服程序要诀”是：插电源——放水——加洗衣

粉和衣服——拧定时开关——晾晒；可朵莱却说：先放水——加洗衣粉并搅匀——放进衣服，然后才是插电源——拧定时开关……

关老师骂朵莱笨蛋，说，这么简单的问题你都答错了，真是笨得可以，是长了一颗笨脑袋，还是脑袋里塞了大麻袋？

关老师瞪眼耸肩摊手撇嘴巴，语调尖刻，眼睛里还飘动着鄙视和嘲讽，引来了学生们的一阵大笑。

朵莱腾地站起来说："你问问会背你问题的那些同学，哪个在家里洗过衣服，可是我会洗衣服！不但会洗，而且洗得很干净！你的劳动课为什么不让学生亲自去洗几件衣服，而是让大家死记硬背这些教条的东西？再说了，学校里有洗衣房，洗衣房里有现代化的洗衣设施，你却在这里浪费这么长的时间跟我们白乎（忽悠的意思）这些没用的东西！"

平日里看着又土气又老实的朵莱，言辞激烈，语调铿锵，勇敢而无畏地盯着关老师的脸一字一句地说着。

同学们笑得前仰后合的，尤其是乔志，笑得肩膀乱颤，一副幸灾乐祸的样子。

关老师的脸上红一阵白一阵的，扭着屁股冲出了教室。

下课后，朵莱像没事一样掏出耳机一边听 Whatever Happens 一边默写单词，把自己的随身听调到最大音量。

受夏桔的影响，朵莱最近也很喜欢英文摇滚乐。

朵莱其实一点都默写不下去，因为顶撞了教务副主任，她的心情也不好，只好用听音乐来平静自己的心情，自己也不明白，为什么当时胆子那么大，过后倒有点忐忑不安。这女人据说很厉

害，要是整我怎么办？

乔志凑过来没话找话，他恭维朵莱说："朵莱，你的眼睛很黑，眼睫毛也很长，脸也比原来白多了。"

朵莱说："你是看我时间长了的结果吧？妈妈曾经对我说过，人们第一次见面容易被长相所左右，时间长了长相就不是最重要的了。"

乔志说："唔，老牧民说话很有哲理嘛！"

乔志继续吹牛说："我叔叔在英国，将来可以介绍你到牛津去读书。那里遍地都是喜欢摇滚的嬉皮士。"

朵莱说："我不去牛津，我哥哥在日本，我将来要到日本去读大学。"

乔志耸耸肩对旁边的男生说："看不出来，这小蒙古还有海外关系呢！"

那以后，乔志的笑脸更灿烂起来，总是主动和朵莱说话，朵莱要回座位，乔志就麻利地站起来让路，让人难以相信以前他对待朵莱的那份冷淡和傲慢。

又过了两个星期，不仅仅是乔志对朵莱已经刮目相看了，就是全班的同学也开始重新审视朵莱这个来自牧区的女孩了。朵莱每天早早地来到班级扫地、擦桌子、把热水倒进每个同学的杯子里，甚至给生病的同学陪床，没有谁去指使朵莱干，完全都是朵莱主动的。而对乔志这个同桌，朵莱更是百般地照顾，处处迁就。帮他洗臭鞋烂袜子（因为朵莱实在忍受不了他的大臭脚所发出来的那股恶臭气味，便每天到男生宿舍里搜他的东西洗），帮他整理课桌……。

更让大嘴巴乔志幸福无比的是，朵莱的爸爸这期间来看过朵莱两次，给同学们带来了两大箱子蒙古族奶制食品，奶酪、奶皮子、奶豆腐，还有非常好吃的牛肉干……哈哈，应有尽有，而乔志总是第一个受益者。

有一天，乔志忽然伸过脑袋来对朵莱说："朵莱，你们家是不是有很多牛、很多羊啊？还有大大的草场，一个尖顶子的蒙古包。"

"我爷爷家有的，可是我们家没有了。我爸爸很早就离开草原进城市了，可是我是在蒙古包里长大的，念初一的时候才离开草原进县城，又从县城来到这里。"

"呵呵，不错啊，步步高升啊。你爸爸进城市做什么啊？是不是拉着奶牛到处卖牛奶啊。"

朵莱很不愿意听，瞪了一眼乔志，转过头去不再搭理他。

过了一会儿，乔志忽然把脑袋又伸过来说："朵莱，我现在突然喜欢上班里的一个蒙古族女孩儿了，你看怎么办吧？"

朵莱的脸腾地红了："啊，你说什么呀！"

乔志看见朵莱羞红的脸，哈哈笑起来："哈哈，没想到你这么胆子大的蒙古女孩也知道害羞啊，放心，我是那种动嘴不动手的人，和马科正相反，那家伙你以后得小心点，他可是个动手不动嘴的大色狼啊。"

朵莱说："尽胡疵。"(胡说的意思)

过了一会儿乔志忽然严肃地问朵莱："朵莱，你知道我的初恋是在什么时候发生的吗？"

朵莱说："幼儿园？"

乔志哈哈大笑："真是个聪明的孩子，真让你猜对了。"

朵莱说："你还真够流氓的。"

乔志说："就是，我现在也奇怪，我怎么能五岁就喜欢女孩子啊，真是可耻啊。那时候我们住在一个大杂院里，还在一个幼儿园里，我们从幼儿园的小班，一直玩到幼儿园的大班，每天回到那个大杂院，我们玩的游戏也是她做妈妈，我做爸爸，我们拿着一个玩具娃娃当我们两个的孩子。想想那时候我们真快乐啊。可是就在上幼儿园大班的那年，不知道因为什么她家就搬走了。她搬家那天我不知道，等我从外边回来的时候，她家住的那个屋子就空了。那天我就躲在那个空空的屋子里，躺在女孩家那张已没有了被褥的光板床上哭啊哭，小脸哭得呀，黑一道白一道的。一直哭得睡了过去。醒来的时候看见一只老鼠躺在了我的身边，唉，我的初恋把老鼠都感动了，看来它一直陪伴着我在那个黑屋子里度过了我失恋后那最痛苦的三个小时。"

朵莱笑得趴在桌子上肩膀乱颤："唉呀，笑死我了……"

"那以后我以为自己再也不会喜欢上别人了，可是现在我终于明白了，我生命中第二春来到了，而且还具有民族特色，哈哈。"

朵莱歪头斜睨了乔志一眼："哼，鬼才相信，我可是看见你的眼睛总是聚光在一个方向。"朵莱抬着下巴向夏桔的方向指去。

乔志恬不知耻地说："多培养两个也无妨，多多益善嘛！嘿嘿，何况夏桔是梦幻版的，你是现实版的……"

啊！

朵莱的书飞了过去，正好拍在乔志那张厚脸皮上。

4.

乔志的第二春只持续了两个星期，他就在网上有了第三春。

有一天，乔志神采飞扬地对朵莱说：“告诉你个小秘密，我肯定自己的第三春会在网上发生，我在博客上认识了一个叫做‘月儿弯弯’的美眉耶。”

“哼！你这个花心大萝卜！哪个女孩对你认真，哪个女孩注定会遍体鳞伤。”朵莱回应道。

乔志接着侃侃而谈，把那位从未见过面的“月儿弯弯”吹得神乎其神。

“哇，她写的博文也好优美好浪漫，简直是天下第一大才女哦，她的照片也好迷人，啊，她真是最懂我的人了……。”

朵莱很奇怪乔志的上网时间竟这样宽松，还可以每天更新博文。

因为学校规定在学校的电脑室，高一的学生每天只允许上一个小时的网。（学校发的网卡，有时间限制）乔志告诉朵莱，他们宿舍里的几个哥们儿很男子汉，为了他的这个“月儿弯弯”将本月的上网卡全给他了，这样他每天都可以在电脑室或者自己的笔记本上聊一会儿。而且，他把嘴巴伸到朵莱的耳边悄悄地说：“别告诉别人啊，我的笔记本上安装了无线上网卡，我自己在宿舍可以偷偷地玩，哈哈。”

朵莱撇撇嘴巴：“你以为就你自己会这么干啊，我们宿舍里早就这么干了，米诺和程青青的笔记本上网都没有时间限制的。”

“啊，你们女生比我们还不老实，真是反了！”

乔志沉浸在“月儿弯弯”所带给他的那种虚拟的快乐中，每天

都灿烂地笑着。

有一天中午，乔志身着劲霸、足登康奈，一身品牌焕然一新地出现在班级，他喜洋洋地告诉朵莱：今天中午，“月儿弯弯”与他会面。

中午的下课铃声一响，乔志就箭一般地冲出了校园，一个月来他终于盼到了与他的美眉吃中餐的机会。

午餐时，朵莱正低头吃饭，忽见乔志拿着饭盒垂头丧气地走进了学校餐厅。

吃饭的高一（三）班同学都大张着嘴惊讶地看着他，尤其是和他同宿舍的男生们更是把眼睛瞪得大大的：“你，你怎么回来啦？”

“妈的，是个四十多岁的老男人，同性恋！”乔志沮丧无比地说。

“哈哈哈……”

“嘻嘻嘻……”

一阵放肆的压抑不住的狂笑。大家笑得乱做一团，笑得直哆嗦，笑得喷出了饭菜。

米诺走过来劝乔志：“爱情诚可贵，生命价更高，留得青山在，不怕没柴烧，哥哥，咱可别寻短见呀。”

马科也过来拍拍乔志：“哥们，中华儿女千千万，一个不行不碍事，咱接着换。”

乔志翻翻白眼冲马科发火：“咱哪里有你调戏女生的品位高啊。”

马科一点都不生气：“就是呀，你得努力提高自己的调戏品位了，向哥们儿看齐，我已经到达调戏人的至高境界了。”

看见马科那恬不知耻的得意样，乔志真是恨啊。

朵莱抑制住笑，从乔志的手里接过饭盒，替他打了一盒饭。

乔志哀哀地对朵莱说："朵莱，只有你才能安抚我这颗受伤的、流血如注的心！"

朵莱无情地说："我也没有时间安慰你了。"

目前朵莱也在网上认识了一个叫"习惯了眼泪"的网友，朵莱也给自己起了个网名，叫"开心小精灵"。

为防止别人看见，也为了在聊天中也学习英语，朵莱建议用英语聊，那个"习惯了眼泪"也很同意。让朵莱意外的是，对方的英语比朵莱还好。朵莱和她越聊越投机，越聊越亲密。

昨天，朵莱刚登陆 qq，那个"习惯了眼泪"就来了："Hi"。

朵莱连忙在键盘上回应："Hi，你好，最近和你聊天，我的英文是大有长进，很快乐。"

"习惯了眼泪"说："我也是，和你聊天，成了我最近一个时期唯一的快乐！"

朵莱说："我常常感觉你很忧郁，我的感觉对吗？"

"习惯了眼泪"沉默了一会儿说："对。"

"你为什么这样忧郁？"

"因为我的心中没有阳光，也许这正是我愿意和你聊天的原因。和你聊天我很快乐，我觉得你真的是个阳光女孩、开心女孩，你总是那么乐观、那么开心，可我就很少有开心的时候。""习惯了眼泪"说。

"把你不开心的事告诉我好吗？"

"习惯了眼泪"说："Sorry，我所受的教育与我所有的习惯让

我从未说出过自己的心事。"

"对我也一样吗?"朵莱发送了一个伤心的表情,又问。

"习惯了眼泪"沉默不语。

朵莱又说:"告诉我好吗?我不会告诉别人,何况现实中我也不知道你是谁。"

沉默了一会儿,对方发送过来一行一行的字。

"其实你知道这些也没什么用,但我很愿意和你诉说,不知道什么原因,我很信任你。我不愿意说这些,不是因为我想隐瞒,是因为不想触动那些让我流泪的事情。我觉得自己从小就是个多灾多难的孩子。"

朵莱说:"啊,是什么难啊?"

"习惯了眼泪"说:"我觉得自己是个有父母的孤儿。"

朵莱说:"怎么这样说?难道他们抛弃了你吗?"

"习惯了眼泪"说:"我觉得自己的生活比抛弃还痛苦十倍。被人从小抛弃的孩子,因为小,没感受过亲生母亲的爱,也就不知道失去爱的痛苦,但我不一样,我从出生到 12 岁,一直是母亲用爱来呵护的,一下子失去之后,才割肉般的疼痛。"

"啊,你的母亲是离开家了,还是……死……了?"

对方没有直接回答朵莱的问题,而是继续自我絮叨:"失去母亲之后,我常常一个人坐在屋里发呆,两只眼睛呆呆地向前边任何一个地方直视着,有时候笑,有时候流泪,有时候还喃喃地自语。那一阶段我以为我要疯了,但当走出自己的屋子,面对父亲、面对奶奶的时候我还得装,装出一副无所谓的样子,装出一点都不想妈妈、不爱妈妈的样子。我要每天挤出笑容来给那个家庭的

每个成员，因为他们恨妈妈，所以他们也希望我恨。”

朵莱说：“嘿，你们家还真奇怪，在培养你去仇恨自己的亲人，是吗？”

“就是啊，他们就是像培养种子一样培养我对母亲的仇恨。”

“难道你妈妈犯下了什么滔天大罪？”

“习惯了眼泪”说：“在他们的眼睛里可能就是这样吧。”

朵莱说：“那你妈妈到底犯了什么罪啊？”

“习惯了眼泪”说：“我该下线了啊，以后再聊吧。”

（三） 各有奇招

1.

这几天，班里正在竞选班干部，那些自信心极强的家伙走马灯似的往王老师的办公室里跑，都认为自己是班头的料。朵莱认为夏桔在班里很有人气，想鼓励她去竞选。上完电脑课后，朵莱去隔壁的电脑室找夏桔。因为朵莱入校较晚，所以被分在了隔壁的电脑室里上课，没跟班里的同学们在一起。

夏桔从电脑室走出来，显得很忧郁。

“夏桔，你脸色不好，怎么啦？”

夏桔说：“是吗？我没什么感觉，好像天天都这个样子。”

两个人在校园的白玉兰树丛里走。

白玉兰花已经过了自己最旺盛的日子，花瓣开始纷纷下落，校园里的小路上铺满了玉兰的花瓣。

看着这些花瓣，夏桔叹了一口气：“唉，一树幽兰花落尽啊！可惜，可惜。”接着她仰头看着树上的那些还没掉下来的玉兰花吟哦道：“早秋惊叶落，飘零似客心。翻飞未肯下，犹言惜故林。”

朵莱笑：“夏桔，现在不是秋天啊，是春天，再说也不是落叶，

是花瓣落下了。”

夏桔说:“反正差不多,叶子都落了,我就当它是被秋风扫下来的,和我的心情一样。”

朵莱说:“你说的这首诗太凄凉,什么飘零啊,咱们是在求学,而且这又是春天,我给你说一句高兴又富贵的诗。”

夏桔说:“你说。”

朵莱张口就来:“一园玉树,满地白金。”

夏桔笑弯了腰:“这是什么诗啊,是顺口溜。”

朵莱挽起夏桔的胳膊说:“不管什么顺口溜还是诗,我就愿意听吉利的话、高兴的事。你看今天的阳光多好呀,走,咱俩到树林里走一走。”

“朵莱,我好羡慕你,你总是那么快快乐乐的,好像每天都能接住天上的馅饼。”

“夏桔,你知道吗,我很想做你这种人,我天天这样嘻嘻哈哈的,看起来很没有思想,不像你,一瞅就是有思想的人。再说了,性格都是遗传的,我估计你的父母肯定有一个是你这样忧郁气质的人。”

“我觉得我的忧郁都是后天形成的,是生活把我磨成这样的。”夏桔忧郁地说。

朵莱好奇地问:“你有什么愁事呀?至于吗?”

夏桔幽幽地说:“唉,我的生活你不懂。”

朵莱笑:“咱们同岁同校又同班,我有啥不懂你的。”

夏桔微笑,岔开话题问:“你找我有什么事?”

朵莱说:“咱们往前走一走再说。”

夏桔说："朵莱，我发现最近你说话我懂了许多。"

朵莱惊讶："啊，你原来不懂我说的话？难道你不懂中国话？"

夏桔笑："你说的哪儿是中国话，你说的和外语差不多，什么'各应人'啊，什么'敲黑地''拉轰地'，还有'辣菜嘎达''嘎达白'……呵呵，真是把我搞得'五迷三道'的。"

朵莱张着大嘴巴哈哈地笑："哈哈，看看，你还学得真多，记住要交学费啊。"

夏桔说："你最近怎么不说那些了，我还真想听呢。"

朵莱笑："拜托，你就别磕碜我了，我下决心改了，脱胎换骨，以后再也不说了。"

夏桔歪头："哈，磕碜！"

朵莱大笑。

这时太阳已经落山了，但是树林里很明亮，空气清爽而澄澈，各种鸟儿唧唧喳喳地欢叫着。虽然是玉兰花瓣落，不是秋，但草儿还是那样的油绿，没有风，四周异常的安静，空气凉爽宜人。她们找了一块平坦的草地坐了下来。

夏桔微眯着双眼看着西边那渲染了一片红霞的天空说："我喜欢立才的原因就是因它建在郊区，建在这一片山水之间，我喜欢一切自然的东西，我觉得自然就是美。我不喜欢城市，一切人工的修饰和雕琢都让人讨厌。我，我不明白你的父母为什么要进城市，在草原上有多好呀！多么空阔、多么辽远，像一片金色带绿的海洋，上面点缀着千万朵各种各样的花，每朵小花、每棵小草都散发出香味，整个草原蒸熏在芬芳的气息里，人每天生活在那里都能变香。"

朵莱看着夏桔那神往的样子，“嘿嘿”地笑起来：“夏桔，你的骨头都被浪漫的水浸过了，你知道吗，把你放在草原上半个月你就会跑回城里。人长期生活在任何地方都会有心烦的时候，都希望改变。我这个人就是个喜欢到处乱窜的人，让我在哪儿呆得时间长了，我都觉得乏味，尽管我也是那么的爱我的家乡，但我是一个需要不断变革的人。”

“是呀，你是一个非常有进取心的人，看得出来。”夏桔把头转向朵莱笑着说。

“你就别寒碜我了，我的学习成绩那么烂，比你差远了，你还磕碜我，你可够残忍的。”朵莱不满地说。

夏桔歪头笑看朵莱：“注意，又说了两句地方语，寒碜和磕碜，以后我来监督你啊，改了你那些土语。”

朵莱跳起来：“哈，该死，该死，一不小心土话就溜达出来了，你说我写作文的时候为什么不说土语，但一说话就生活化了。”

夏桔点点头说：“学习成绩和进取心是两码事，我看有些同学对这个问题有误解，认为那些成绩好的人才有进取心，这是不对的。再说你已经够努力的了。”夏桔说。

朵莱为了和班里的几大巨头缩短学习上的距离，真的已经很努力了。每天早晨四五点钟就起床，悄悄地溜出宿舍，在楼道里读外语。当然了，朵莱还背别的教科书，有一次大家去参观抗日英雄纪念馆，朵莱把“台儿庄战役”讲得明明白白，让纪念馆的解说员都伸出了大拇指。

就是在黄昏，你也会在校园僻静的角落里找到朵莱用功的身影：也许是在教学楼前的白玉兰树下，也许是在图书馆里，也许是

在宿舍楼前的草坪上……朵莱就像海绵吸水一样如饥似渴地学习着，她还真真切切地不耻下问，毫无立才学生那种狂傲。无数次，夏桔被朵莱堵在水房里、厕所里、宿舍里问个不停，朵莱也常常在大热天里钻进夏桔的蚊帐讨教习题。多少次同学们都下晚自习啦，朵莱还一个人孤零零地坐在教室里舍命地苦熬。

功夫不负有心人，朵莱的成绩一天天地在上升着。

但朵莱也不是一个书呆子，朵莱喜欢音乐，喜欢参加班里的各种活动，喜欢开玩笑，绝对没有城市小胡同里长大的女孩子们那种嫉妒心、小心眼。对什么事都想发表自己的看法和主张，受到攻击和伤害就奋起反抗，不管是胜利也好、失败也好。一回到宿舍总是笑呵呵的。最让夏桔惊讶的是，朵莱还喜欢踢足球。因为踢足球，朵莱在立才一夜之间就出了名，是朵莱的球技高超吗？不，是朵莱不屈不挠地把球踢进了自家的球门，惹来了高一（三）班学生的一顿大骂，臭鸡蛋、烂柿子像雨点一样劈头盖脸地向朵莱砸来，面对着群起而攻之的愤怒的人群，朵莱嘻嘻哈哈地一点都不在乎。

“喂，夏桔，我看你这几天怎么没动静？”朵莱忽然问夏桔。

“什么？我不明白你在说什么。”夏桔不知道朵莱在说什么。

“竞争班级干部呗！”

夏桔说：“哦，我也考虑过，不怕你笑话，我连演讲稿都写好了，但一直犹豫着，我没什么信心。我这种性格不适合做班干部。”

朵莱说：“班干部的性格是培养起来的，谁天生也不会当班长，磨练一段时间你自然会变得热情澎湃。”

夏桔说："我考虑考虑再说吧。"

朵莱挽着她的胳膊说："考虑什么呀，别考虑了，咱们一起报。"

夏桔惊讶地看看朵莱："啊，咱们一起报？难道你也想竞争？"

朵莱眼睛一翻："怎么啦？不行吗？"

夏桔笑了，她真是没想到朵莱会报，尽管朵莱有热情、有干劲，但因为朵莱来得晚，在班级里还没有什么地位，大多数同学还很瞧不起她。可夏桔不想打击朵莱的积极性："好，好，班干部就应该是你这种热情澎湃、斗志昂扬、勇往直前的人。你快报吧。"

朵莱把胸脯一拍："嘿，咱都报上了。"

竞选的结果是：夏桔班长，马科副班长，乔志和另外两个女生分别成为高一（三）班的体育、文艺和学习委员。

朵莱以 20 票之差败北，看着黑板上朵莱名字下那点可怜的票数，大家都瞅着朵莱幸灾乐祸地笑，有几个女生在旁边咬耳朵："也不撒泡尿照照！"

和朵莱正相反，美丽的女生夏桔票数很高，脸上的表情是掩饰不住的兴奋，一反平时矜持的样子。

竞选的结果一公布，朵莱就热烈地拥抱夏桔，那样子比自己当选还兴奋。

米诺很生气、很嫉妒，她没有想到夏桔竟然一个跟头翻到了马科的前边去了，做了正班头。米诺骂夏桔："树不要皮，必死无疑；人不要脸，天下无敌。"米诺认为夏桔完全是靠自己的那张脸蛋才当上的班长，所以在米诺看来属于万恶滔天的那种。米诺后来总结原因才发现一个奥秘，在这个班级，男生多，女生少，以乔

志为首的男生们把手都举给夏桔了。所以夏桔的票数才最高。哼,有什么呀,靠脸蛋吃饭的女孩子是最没出息的。

2.

晚上朵莱一进聊天室,就见到了那个"习惯了眼泪"。

朵莱立刻关切地问:"你的母亲到底犯了什么罪啊?"

"习惯了眼泪"很久才回复她说:"犯罪没犯罪,得看谁去定罪。"

朵莱不明白:"什么意思啊?你妈妈进了监狱吗?"

"习惯了眼泪"说:"你误解我的意思了。"

朵莱问:"我怎么误解了?"

"习惯了眼泪"说:"以后聊好吗?我今天很忙。"

朵莱觉得对方是在有意回避自己的问题,也是,哪儿有这样上来就问人家隐私的,自己真是太直接了。

朵莱下决心不再问,管住自己的好奇心。她发了一个笑脸说:"不要再去想那些不愉快的事情了。我爸爸说,人生没有趟不过去的河。"

"习惯了眼泪"马上回复说:"谢谢你的鼓励,我会随时用你的话来提醒自己。"

（四） 君子报仇十年不晚

1.

朵莱上网和“习惯了眼泪”聊天的时候，米诺正懒洋洋地躺在美容院的床上做面膜。

米诺最近脸上长出不少青春痘，所以每周要去两次美容院，一直是程青青陪她去的，可这几天因为她正和程青青生气，程青青就没来陪她。米诺恨死这些青春痘了，越治越多，如雨后春笋一般地向外鼓。米诺开始怀疑她去的这家“美妹美容店”，她认为他们的技术不过关。昨天晚上她在校门口转悠，发现校门对过有一家叫“金屋”的美容店，里边的设施很全，老板姓赵，是个漂漂亮亮、白白净净的小女人。小女人告诉她，自己的产品非常好，做上以后保准你满意，你是个学生，我给你优惠一些，打八折，八样加起来一共一万一千元。你看见我这皮肤了吗？我原来和你一样，满脸都是痘，就因为用了这个美容产品才好的。米诺看了看老板那细嫩的脸蛋，毫不犹豫地答应了：“好，你做吧，只要能做好，钱多钱少我不在乎。”

老板怀疑地说：“你是不是先给家长打个电话商量一下再决

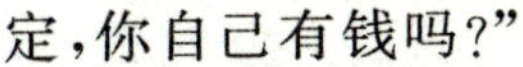

定，你自己有钱吗？”

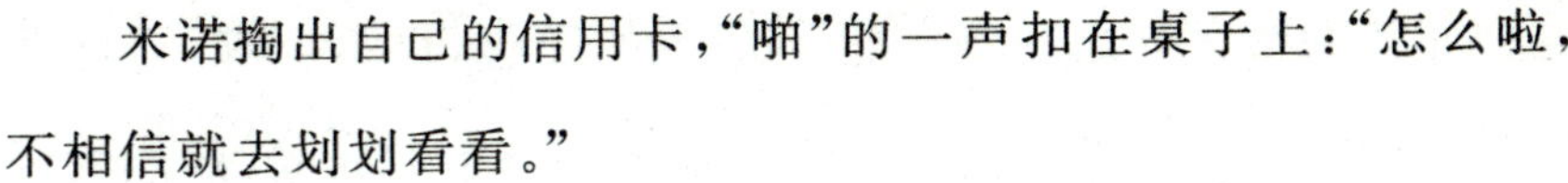

米诺掏出自己的信用卡，“啪”的一声扣在桌子上：“怎么啦，不相信就去划划看看。”

老板看看米诺身上穿的、脚上蹬的，连连点头：“相信，相信。”

美容店的对面正好有个银联机，米诺推门出去就支出一万多元钱，反身回来就拍在了老板的面前。

几个农村来的小服务员连连吐舌头：“哇，知道这学校的孩子都有钱，但还没见过花钱这么痛快的孩子。”

老板拿过钱，高高兴兴地将米诺安排在靠里边的一张床上。先用一团海棉给米诺洗干净脸，然后就放上一些按摩液开始按摩。小女人说，你皮肤这么硬肯定是第一次做美容。米诺应了一声，她不想告诉小女人自己曾做过美容。小女人听见米诺应了一声便又接着说，你们学校有不少女生都在我这做美容，她们要求做包年，我就给她们推荐了这种只买产品、免费做美容的美容方式。我觉得这样最适合你们学生了，否则，每次光按摩费就需要几百元，十次就八千多。而买产品的呢，一次花一万多，能做一两年。

米诺不太相信地问，还真有那么多的学生来做吗？小女人说你可真是，这周围的什么店不是为你们这些学生开的，你看那些网吧、饭店、小夜总会、酒吧，哪个里边大多数不是学生啊！这学校的学生可是有钱呀，不是大款的儿子，就是当官的女儿。

小女人问米诺的父母都是干什么的，米诺不想告诉她，她总结了在美妹美容院的经验教训。上次，在美妹美容店，店老板一听说她父亲是建委的，马上就和米诺套近乎，让米诺帮她批一块

地皮，她想在立才附近自己弄块地盖个房子，她说租人家的房子，这一年挣的钱三分之一都流进了房主的腰包，很不合算，自己要是盖一间就好了。米诺说自己的父亲并不是土地局的，但老板说当官的都相互认识。米诺不想管她的闲事，就推脱说自己的父亲出差了，大概得两个月才回来。

现在金屋的老板又打听她的父母，她不会再说实话了，她说自己的父母是普普通通的小学教师，什么事也办不成。

小女人不相信米诺的父母是小学老师，她认为小学老师的孩子上不起立才，上公立学校还差不多。

米诺说你可别瞧不起小学老师，小学老师的能力可大着呢？市长的孩子上不上小学？部长的孙子上不上小学？只要他们的孩子上小学，小学老师就能调动起他们为自己办事。

“你小小的岁数怎么知道这些？”小女人奇怪地问米诺。

“你们这些大人总以为我们什么事都不明白似的，其实我们什么事看不出来？什么事不明白呀？程青青的小学班主任办调动，就是程青青的爸爸帮的忙。”

“程青青是谁？”

“程青青是我的同学，我们住一个宿舍。”

“她的爸爸是干什么工作的？”

“她爸爸是个大官。”米诺顺嘴就说，其实她也不太了解程青青的父亲具体是干什么的，只知道是做买卖的官。

小女人感兴趣地说：“你把她拉来让我认识认识，她长得好吗？她也该做做美容！”

米诺猛地反应过来，后悔得直想抽自己的嘴巴：如果把程青

青拉来，这个女人会不会缠上程青青让她办事？但她转念一想，程青青不是什么好求的主儿，大不了告诉她别理睬这个女人而已，但为让这个女人好好地为自己服务，还得让程青青来一趟，可自己这几天正和程青青闹别扭，怎么和她说！

小女人告诉她，过几天如果再来一次“精华素”离子倒入，对皮肤就更好了，只是怕米诺承受不了价格，米诺说多少钱呀，小女人说一瓶精华素两千呢！

“有什么了不起的，做。”

米诺说着就从兜里掏出两千元大票摆在小女人面前，小女人吓得一愣，随即就将钱收了起来，起身去找精华素。打开粗重豪华的包装，米诺看见一个像大拇指一般大小的小小玻璃瓶，瓶里装了半瓶无色的液体。

“就这一点点呀！”

米诺惊奇地问，她认为这点小东西根本不值两千多元钱。

“你别看它小，作用可大。精华素、精华素，提取的全是精华，用一次你就会容光焕发。”小女人说。

“我不需要容光焕发，我只想让你给我治好脸上的痘。”米诺说。

“我知道，你脸上长痘也是因为油脂不平衡，擦上精华素就好了！”

小女人给米诺按摩完之后，就用针一个个地挑米诺脸上的痘，疼得米诺一颤一颤的。她哪受过这样的罪，于是大声叫喊起来：“哎哟！轻点轻点。”

小女人说：“为了美，你就忍着点吧！为了美就要付出代价。

老天爷是公平的，给了你青春，也同时会给你青春痘，不能让你独享美好的。”

米诺闭住了嘴巴，她想这个小女人说话还有点哲理味。是呀！今天自己的代价太大了，还让人在脸上挑来挑去。

哎！老天爷也有不公平的时候，这痘怎么就不长在夏桔和朵莱脸上，怎么就偏偏长在我米诺的脸上，不公平，实在是不公平！

2.

因为米诺回校晚了一个小时，门卫就不给她开大门，米诺好话说了一大堆还是不管用，米诺很生气："你不就是个看大门的吗，有什么了不起？拿鸡毛当令箭。好，我今天翻墙进去，如果摔坏了，看你怎么收场。"

门卫也不甘示弱："呵，你还有理啦，我怕什么，我是在执行学校的规定，你爱怎么着就怎么着，随便。"

米诺一听火冒三丈，抬起脚就用力地踹大门，大门发出"砰砰"的响声。

门卫赶紧给教务处打电话，教务处来了一个新毕业的小老师，不太厉害。他采取息事宁人的态度，让门卫打开大门，批评了米诺几句，让回去写个检查交到教务处，就放了人。

新毕业的老师想，这些学生都是有来头的，自己正在试用期，多一事不如少一事！

米诺想：写就写呗，好汉不吃眼前亏，要是再闹下去，会招来一群围观的，班里的同学来了可就丢脸了。写个检查算什么，又不是没写过，这里的老师几乎都接到过我的检查。

他们走了以后，门卫大骂起来："妈的，他充小白脸，让我得罪人。"

小老师一边走一边问米诺："你叫什么？"

米诺说："我叫米诺。"

小老师立刻回过头来，眼睛瞪得溜圆，像被火烧着了似的："米诺，你就是米诺，你可不是第一次违反校规了。"

米诺也将眼睛瞪圆："什么，谁说的，我都违反什么校规了？真是的！"

小老师说："呀，还嘴硬，我给你数一数！"

米诺说："我自己都不知道自己违反了什么，你能举出什么例子来？真是好奇怪呀！你是新来的吧，我怎么不认识你？告诉你，你可别搞人身攻击，你侵犯了我的人权，我可告你去。"

"你别以为我是新来的就不了解你，你是高一（三）班的，你的父亲是建设局的，你住在201宿舍，当当网和亚马逊网每周都要给你来送东西，你还常常叫肯德基和麦当劳的外卖，你在刚入校的时候就因为打群架挨了学校处分；前几天你还将一个不三不四的人领到宿舍里过夜……"

米诺听了这些，脑袋轰轰地响了起来，是谁将她过去的事情都告诉了新来的老师，是那个纳粹王（政教主任，因为对同学们严厉，大家就叫他纳粹王）？不，不对呀，前几天郭姐在这过夜没有人知道呀，宿舍里的人说好要帮我保密的，这些虚伪的家伙，回去后我非得好好地整整她们不可！

在201过夜的郭姐是米诺在美容院认识的，人长得很漂亮，是沈阳人，她告诉米诺自己是搞保险的业务员。她在美妹做美

容，鼓动好几个成年的女人买了她的保险。她有一张很会说的嘴，说出来的话又甜又受人听，虽然她比米诺大五岁，但和米诺一见面就成了好朋友。做完美容两人常一起出去吃饭，每次都是她抢着结账，她说自己已经挣钱，而米诺还是一个学生，等以后工作挣了钱再请她也不晚。她还送给米诺一套很贵的化妆品，一个真皮手提包。米诺也想给她一点东西，但她从不接受，米诺对郭姐的大方很有好感，她觉得郭姐这个人又善良又平和，做事不求回报。不像一起做美容的那些漂亮有钱的女人对她这种穷学生理都不想理，说起话来尖酸又刻薄、嫉妒又傲慢。

一天夜里，郭姐忽然给米诺打电话，她说自己丢了钥匙回不了家，身上无钱，住不了旅馆，能不能到学校住一宿。米诺立刻答应了她的请求。那一晚程青青正好回家，郭姐就住在程青青的床上。

郭姐好像很小心，她进屋后把宿舍的窗帘拉得严严实实，把门插得紧紧的，她看见夏桔奇怪地看着自己，就笑着说她从小就离开家，一个人在外边住，习惯这样了，以后你们也应该这样，姑娘家还是小心一点好！

第二天郭姐走时叮嘱米诺不要跟别人说自己在这住过，米诺虽然不知道郭姐这样小心的原因，但仍然跟夏桔和朵莱打了招呼，她说学校是不准往宿舍随意带人住宿的。

米诺很生气，生这个不明事理的小老师的气，他怎么说郭姐是不三不四的人，郭姐是最善良的人了；她也生夏桔和朵莱的气，一定是她们当了叛徒，学校才知道了这件事，呸！当面是人，背后是鬼，小人，小人！今天我先不说，我要观察观察，看看她俩到底

谁是告密者，君子报仇十年不晚，等着瞧。

3.

米诺回到宿舍看见夏桔正生气呢，米诺非常清楚夏桔为什么生气，因为这周是她值日，今天学校检查宿舍，检查的结果是严重地不合格。

"我连自己的卫生都不会搞，让我扫宿舍，笑话，谁愿意搞谁搞，我才不管呢，看能把我怎么着。"米诺这样说着就钻进了被窝。

米诺在家里有专门的保姆侍候，是娇气的千金、漂亮的公主。别说家里人宠着她，就是那些来家里的客人，也都高看她一眼。只要进米家的大门，没有不给她带礼物的，也没有不围前围后对她说奉承话的。别说是干活了，就是自己穿的内衣她也从没洗过呀，在家里有保姆，在学校里有洗衣房，就算是往洗衣房送也大多数是周末保姆来送。她购物也很少去逛商店，只需拖动鼠标在淘宝、当当或者亚马逊网站点一下自己喜欢的东西，人家就来上门送货了。在学校想吃零食或者好饭好菜也都是直接叫外卖。开学那天，她的父亲对王老师说，这孩子一点自理能力都没有，让她住校为的是培养她的自理能力。但米诺在这里并没好好地接受什么再教育，她嫌学校食堂里的饭菜不好吃，经常下饭馆，什么好吃吃什么。后来饭馆也吃腻了，就隔三差五地命令家里做饭的保姆做好吃的往学校送。保姆作完饭就打车送到学校，送的饭菜当然是再高级不过的了，高级得让朵莱叫都叫不上名来，一顿饭的消费比下饭店还高！

"喂，你们家这么有钱呀！你爸爸是不是一个贪官呀！"

米诺立刻恼羞成怒:"你爸才是贪官呢!"

因为这句话米诺好几天都没理程青青,这是她们俩人第一次闹这么大的别扭.程青青不明白米诺对一句玩笑话会这么在乎。

在米诺的眼里,爸爸是一个真正的男人,他虽然是一个小小的局长,但能量很大,可以说没有爸爸办不成的事。自己的轿车办证不用花钱,养路费、年检费都可以免交,家里的七大姑八大姨也都从下边调进了市里,有的还被安排在党政机关的要害部门,就连高中文化的老舅也给区长开上了车,两年后竟然被安排进了区长办公室。从米诺懂事到现在,她记得自己家已经搬了五次,住的房子越来越高级,用的家具也越来越高档。最后这次搬家还不到一个月,爸爸就回来说,西城小区的楼中楼地产商又给了他一套房子,264 平米。

她们宿舍被点名批评,这让夏桔大丢面子,刚刚当上班头就挨老师批评,她恨不能钻进老鼠洞里。她怪自己这几天一心迷恋上网,以为有了值周生就万事大吉,可她忽略了这值周的人是谁。她们宿舍挨了批评,高一(三)班自然得被学校减分,同学们议论纷纷,夏桔的威信一下子降了下来,大家都开始怀疑这个美女是不是真的具有当班头的能力,连一个宿舍都调理不好。

夏桔不让米诺睡觉,说要开个会议,米诺懒洋洋地躺在床上说:"真是新官上任三把火呀,有什么重要的事非得在大晚上的开会。"

夏桔一点也不生气,上前将米诺拉起来笑着说:"当然了,我这个新官可要点一把火,烧一烧你了。"

米诺冷笑着说:"就怕你连根眉毛都烧不着我的。"

夏桔自信地将大眼睛盯着米诺说："好吧，你等着。"

米诺想，这个夏桔平日里高傲得不得了，今天忽然变得又幽默又随和，竟主动来拉我。当然了，她的话也很厉害，看来这个夏桔绝对不是自己想象的那种简单的女孩，她肯定是告密者。这样想着，米诺就皮笑肉不笑地坐了起来，她翻翻白眼说："装腔作势谁不会，虚伪谁不会，当面一套背后一套谁不会，这用不着学，我米诺生下来就会这套！"

"喂，你什么意思，谁装腔作势了？谁虚伪了？"朵莱生气地说。

"谁虚伪谁明白。"米诺说。

"谁又惹你了，说话这么难听，这么莫名其妙。"程青青皱着眉头问米诺。

夏桔摆摆手说："与会议无关的事情请在会后说，我们今天开个宿舍会，大家在一起商量一下我们宿舍的问题，当然了，我们得先选出宿舍长，在这之前由我先来主持这个会议，等选出宿舍长以后我这个临时代理就退回到后台去，我保证坚决听从宿舍长的指挥。"

米诺一听，立刻把耳朵竖了起来，她瞅了瞅程青青，很后悔自己这几天和她闹别扭，如果不闹别扭自己至少还能弄一票。现在可好，自己太孤立了，什么出风头的事都轮不到。宿舍长听起来很小，但管的事也不少，几点起床、宿舍卫生管理、去伙食科给大家领饭票。她曾经看见高年级的宿舍长经常聚集在一起开会，校长、主任、伙食科长都参加。

米诺情不自禁地叹了一口气，唉，当官一类的好事与自己无

缘，从小就被当成坏孩子，已经习惯了，算了！别瞎想了，米诺闭上了眼睛。

夏桔看了看米诺说："程青青，你先发表一下个人意见吧。"

程青青说："你们当干部的说谁就谁呗，还走这个形式干什么！"

夏桔对程青青的表现很失望，她先以为程青青肯定得推举米诺，这样就顺理成章了，没想到程青青会来这么一句废话，把开会的主题都引歪了。

夏桔无奈地瞅了瞅朵莱，程青青没按着夏桔的思路走，现在她只好向朵莱求援。

朵莱笑眯眯地开口了："我认为选宿舍长就是要选那些活动能力强，坏男生们一见就怕，既保护咱们宿舍成员的安全，又能领着大家建设好咱们宿舍，敢于向校方提出意见、敢做敢当的人，我看米诺就比较合适。"

朵莱的话将米诺和程青青都惊呆了！

米诺张大嘴巴、瞪大眼睛，她像傻子似的瞅着朵莱。

夏桔立刻接住朵莱的话说："那咱们表决一下，同意米诺的举起右手。"

夏桔说完首先将手举了起来，朵莱也将手高高举起。程青青瞅瞅这个，看看那个，也将手举起来，她嘀咕着："开什么国际玩笑！"

看着三只举起的手，米诺如在梦中，她不相信这种事会发生在她的现实生活中，她从小到大在家里被捧为公主，但在学校却一直被老师、同学看成是最坏的女孩、最烂的学生，老师的白眼早

已摧垮了她的自尊和自信，连她自己都相信了一个事实：她天生就是一个坏蛋；天生就是一个差生！

米诺用力拧了一下自己的大腿，确认眼前并不是在梦中，然后便半信半疑地问夏桔："你不是在逗我吧？"

夏桔说："我逗你干什么，相信你会干好的。"

4.

第二天早上吃饭时，米诺端着饭碗走到朵莱的身边说："谢谢你，这么抬举我。"朵莱说："不是我抬举你，是你有这个能力。"米诺说："我发现你这个人很有吸引力，你来学校时间很短，但很快就变成了一个大旋涡，使人不知不觉地就跟着你转起来了。"

朵莱说："听了这话可真受用，我可没那么有能力，别吹捧我了。"

米诺说："我这个人不会随便吹捧人的，让我用眼皮夹的人没有几个，我真的是很服气你，你说，我怎么就交不上一个好朋友？别看程青青表面对我还行，可我知道她心里并不真心对我好。"

朵莱说："我知道，其实你一直都想和夏桔处好关系，可为什么夏桔和你走不近呢？不是她不想和你好，而是你不让人家和你好。"

米诺迷惑地看着朵莱。

朵莱说："我说几句不好听的话，希望你别生气。我觉得你太喜怒无常了，谁和你接近都没有安全感，你总是高高在上地和大家说话，即使是和大家玩的时候你也爱吆三喝四地支使别人。如果你想和大家处好关系，就得平等地对待人。"

米诺当上宿舍长以后，对宿舍里的卫生很是上心，她激情满怀地起草了《宿舍值周的十大规则》，找来夏桔和朵莱，像模像样地商议。在她的领导下，她们宿舍焕然一新，几周以后就有了转机，校广播台、校报上都以头条消息报道了她们宿舍欣欣向荣的景象，她们一下子成了校级模范宿舍，在校内大扬其名。

从此，夏桔对朵莱佩服得五体投地，凡事都找朵莱出主意，朵莱也一直以做夏桔的军师为荣。

5.

周五下午最后一节课是自习，米诺递给班长马科一个纸条，就神秘兮兮地一个人走了。

马科打开纸条，见上面写着："班头，我有点事，请一节课的假。你下课后找上夏桔、程青青和朵莱一起到我们宿舍去，我有重要的事情需要向你们汇报。"

马科莫名其妙地问朵莱："你们宿舍又有什么大新闻要发布公告？"

朵莱说："没有呀，怎么了？"

马科把米诺的纸条递给了朵莱，朵莱刚要看，乔志一把就抢了过去："我看看。"

乔志以为米诺给马科的是那种 sweet 的纸条呢，于是迫不及待地抢了过去，嘿，马科这小子可真卑鄙，把人家女孩子给他的纸条公开，我非告诉米诺不可！

乔志看完纸条说："我也去。"

朵莱很不高兴地抢过纸条说："你去什么呀！我还不知道什

么事呢。你的好奇心怎么这么强？什么事都想探听探听，没修养。”

乔志咧咧大嘴说：“没办法，从小带来的好习惯。”

放学的铃声一响，马科就和夏桔她们往女生宿舍楼里走，还没走到宿舍，就闻见了一股肉香味。马科吸溜着鼻子像狗一样走到 201 宿舍前：“嘿，这香味是从你们的门缝里钻出来的！”

这时候，米诺把门打开了：“欢迎大家！”

从敞开的门里，马科看见一桌丰盛的酒菜摆在了宿舍的写字台上：“哇噻，米诺，你是不是巫婆呀！竟然变出了一桌酒席，哎呀，和美女一起酒肉穿肠真是人生一大乐事！”马科说着就第一个扑上前去。

朵莱说：“米诺，你就是要这样向马科汇报工作吗？这可是有贿赂领导的嫌疑！人家马科可不是腐败分子。”

马科正狼吞虎咽地啃一只鸡大腿，他听了朵莱的话，美滋滋地说：“那是，我马科堂堂的贵族后裔，岂是贪吃之辈！米诺，你以后最好多这样向我汇报几次工作。”

马科家是满族，父亲是本市的银行行长，所以他一直以贵族自居。

大家轰笑起来：“恬不知耻！”

朵莱说：“米诺，我刚才不知道有好吃的，以为你有什么重要的事情要告诉我们呢，所以我没让乔志来，还把他挖苦了一顿。我去把他找来好吗？”

朵莱的话刚落，乔志就像幽灵一样挤进屋来：“不要找了，我来了！”

米诺说:“你是不是闻着味儿来的,你的狗鼻子可真够灵的!”

乔志说:“我不是为自己来的,我怕你们没有我吃得不乐和!”

“真不要脸。”大家大骂道。

落座以后,米诺拿出一瓶 PETRUS。

乔志瞥了一眼米诺手中的酒瓶,吓得跳起高来:“米诺,你行啊,竟然拿 PETRUS 招待我们。”

米诺得意地说:“当然啊,我特地跟爸爸要的,这可是真货啊,爸爸说是他从法国波尔多买来的,爸爸说这酒的名贵在于酒庄位居法国波尔多产区八大名庄之首,是波尔多目前质量最好、价格最贵的酒王,颇有王者风范。不少影视明星和有钱的人都喜欢收藏。我觉得你们是我最尊贵的客人,只有这酒才配得上你们,也才能表达我此刻的心意。”

然后,米诺给每个人斟了一杯,站起来郑重地说:“为了庆祝自己当选宿舍长,为了同志们的信任,我今天特地在饭店定了几个菜。本来想请你们上饭店,可又怕你们不去,所以我就让他们给咱们送来了。有道是,在家靠父母,出外靠朋友。我米诺以前有对不住大家的地方,喝下这杯酒,过去的事情就当是一泡尿撒出去了!”

大家听了以后轰的一声笑了!

夏桔说:“米诺,注意!今天可是还有两个男生!”

米诺一点也不在乎:“怎么,他两个就不撒尿了?来,吃菜,吃菜!”

朵莱低头看看桌上的菜惊讶地说:“哇!有我最爱吃的牛肉干和美国大杏仁,还有马科爱吃的麻辣鲍鱼、麻辣海米鲜蚕豆;程

青青爱吃的荷叶粉蒸鸡，鹑蛋烧青虾；夏桔爱吃的如意蟹肉卷、菊花醉笋。”

乔志气愤地说：“怎么念叨了半天，没有我的份？唉，你们也太过分了，不够朋友！”

米诺说：“有呀，我还能把咱们的大嘴忘了？这个鱼香肉沫加滚蛋就是给大嘴买的！”

大家又一起轰笑起来。

米诺很会搞笑，她为了让大家多喝酒，说了好几个段子。比如说下句接上句。米诺给大家举例说，“上家说‘爱恋在我’；下家必须说‘我在恋爱’。”

乔志马上说：“那我先说‘八王——是我’，你接吧。”

米诺反唇相讥：“你才是王八呢。”又是一阵大笑。

程青青说：“玩一个酒桌游戏好不好？”大家说好呀，怎么玩？朵莱问是不是划拳？米诺说：“你可真够巴的，现在谁还玩划拳呀。”朵莱说：“那玩什么？”

马科说，那可多了，什么给“老爷扇风”“开火车”“大西瓜小西瓜”多的是。这个城市里的人，业余时，80 万人在玩一个叫“吹”的游戏，有二十万人在玩双升，还有十万人在玩麻将！

朵莱问：“剩下的人业余在干什么？”

乔志大嘴一咧：“剩下的人，都蹲在墙角里骂贪官！”

米诺说：“你是三句话也不离贪官二字，不知道哪个贪官挖了你家的坟头，让你如此地肝儿疼。”

乔志说：“当然是你们这些能喝得起 PETRUS 的人惹我肝疼了，你说你爸爸一个小小的局长，动辄就买这法国最贵的酒喝，是

用工资买的吗？”

米诺的脸子拉了下来：“我告诉你大嘴，别好心当成驴肝肺，不喝拉倒，我没请你。”

乔志一看米诺真来了气，立刻双手作揖：“得，姑奶奶，咱不提这壶，咱不提这壶。”

马科也赶紧打圆场：“来，来，咱们玩吹。”

朵莱问什么叫“吹”，马科给朵莱解释：就是两人各拿一套放有三个色子的盒随意摇晃一会儿，然后根据自己色子的点数……

朵莱说，瞧你说的头头是道，在文明的大染缸熏陶得可以呀！我们牧区人在为生计苦苦挣扎之时，你们大城市里的大人孩子却在那里胡吹海玩！

马科讥讽朵莱：“你可别在那假充贫下中农了，你爸爸是剥削牧民的大财主，多少人在你们家里的蒙古族奶食品店和奶食品加工厂打工呀。”

朵莱说：“我爸爸不让他们打工，他们还不高兴呢，上哪儿去挣钱买饭吃去！”

马科说：“这话就对了，人和人能一样吗？人比人得死。”

“你们还吹不吹呀？”程青青不耐烦地问。

米诺说：“玩呀，可惜没有色子，要不往饭店里打个电话要几套？”

夏桔说：“算了，要什么呀？我们来学“红楼梦”，填上下联或者对唐诗好不好？”

“夏桔，我的牙都被你酸掉了！”

“巴，巴，巴，夏桔，你比我还老巴。”

“啥时代了，还玩那些出土文物！你累不累呀？”

夏桔的建议遭到了程青青、米诺和乔志的一致反对。马科替夏桔解围说：“夏桔，我和你来玩点文雅的，但是我不想自己作诗，咱俩对诗吧，我说一句，你说一句。不过我提前声明，我是最怕和高智商又神秘的女孩在一起说话的，更别说是玩这种高深的游戏了。我那点小聪明，骗别人还行，要骗夏桔就有点欠火候。学术不精，班门弄斧，恐怕我在这边眼睛一转，就被夏桔识破了！”

马科知道自己的文学水平赶不上夏桔，作诗肯定比不过她，但他自信自己肚子里的唐诗比夏桔多。他从小就背唐诗，邻居阿姨常说，他的妈妈从怀孕的那天起就把录音机放在肚皮上让他听唐诗，自己一落地就果然出手不凡，还没等会跑就会背：“窗前明月缸（光），疑死（是）地上伤（霜）……”

妈妈到现在一说起这些还乐得屁颠屁颠的，经常在外人面前推广她的胎教经验。

夏桔说：“你就别谦虚了，大贵族，咱们来个擂台赛，让他们当裁判！”

马科撸胳膊挽袖子跃跃欲试，一反刚才的谦虚，自信地说：“夏桔，咱可说好了：输了，可不许哭鼻子！我最受不了美女的眼泪！”

朵莱说：“先别臭美，还说不上谁输谁赢呢！夏桔，加油，给咱们女同胞争口气！”

米诺说：“赢他个屁滚尿流，别让他太嚣张了。”

程青青和乔志一起说：“对对对。”

马科说：“看来这场擂台赛是五掐一呀。好，都来吧，我是一

个顶十个。我先说上句，夏桔你来对下句。咱可事前说好了，不自己做诗，只说现成的唐诗！"

夏桔说："完全同意，你开始吧！"

马科说："摇落深知宋玉悲，风流儒雅亦吾师。"

夏桔连想都没想张口就说："怅望千秋一洒泪，萧条异代不同时。江山故宅空文藻，云雨荒台岂梦思……"

米诺说："这是什么诗？我怎么没学过？"

朵莱说，你当然没学过，因为课本上没有，这是杜甫在大历元年(766)在江陵为怀念宋玉写的。

"宋玉是谁？"程青青问。

"宋玉是楚国著名楚辞作家，哦，是诗人。"

马科又说："谁家独夜愁灯影，何处空楼思月明？"

夏桔接着说："更人几重离别恨，江南歧路洛阳城。"

马科说："呵，还真是难不倒你，好，咱们再来几首。"

"苏溪亭上草漫漫，谁倚东风十二阑？"

夏桔接着吟道："燕子不归春事晚，一汀烟雨杏花寒。"

马科说："夏桔，你行呀！我总以为自己是高一（三）班的高人，没想到这里还埋伏着一位大师，失敬，失敬！"

夏桔说："没想到你还有一颗很善感的心，这几首诗都是写离愁别绪和凭吊古人、感怀身世的，调子很低沉，难道你对这些东西也感兴趣吗？"夏桔对马科开始有了好感。

马科没有回答夏桔的问题，而是说："人家都说夏桔有点怪和神秘，今天坐在一起才知道夏桔其实很随和，看来是有点以讹传讹了。夏桔，三首已到，该你出句了！"

乔志摆摆手说："罢罢罢，咱们玩一个全体都参与的游戏吧，省得她们在这里干看着。"

乔志觉得马科是在投夏桔的所好，因为马科知道夏桔就喜欢一些伤感的诗。所以乔志怀疑马科是提前背好了这么多诗专门拍夏桔马屁的。

米诺也说："对，别光你俩玩得那样热闹，让大家也掺和掺和。"

朵莱说："那你就提议一个吧！"

米诺说："咱们都互相说一说革命家史好不好，虽然已同学好久了，但我们相互之间还并不太了解。"

乔志说："我举双手赞成！朵莱，你带个头好不好，夏桔做准备。"

朵莱说："我是一条小溪，一条什么也藏不住的浅水河。我不说你们也都知道，我父母在这个城市里经营蒙古族奶食品，先开的是奶食品店，后来又创建了一个奶食品加工厂。父母很忙，没时间管我，我在初中以前一直生活在牧区的奶奶家里，高一转学到这里，爸爸说这个学校能住宿，还能连续读高中。就这些。"

"你爸爸妈妈打不打架？"米诺问。

"听我奶奶说，在我小时候爸爸妈妈生活困难，但是恩爱有加，家里其乐融融，是所有亲戚朋友的集散地，爸爸有很多穷朋友，经常聚在家里酒肉穿肠、烟雾萦绕。"朵莱说。

"你的意思是现在你长大了，父母有钱了，他们就从恩爱有加变得……变得……"乔志试试探探地问。

"喂，别误解好不好？我是想说，我们家因为富裕了，开始颠

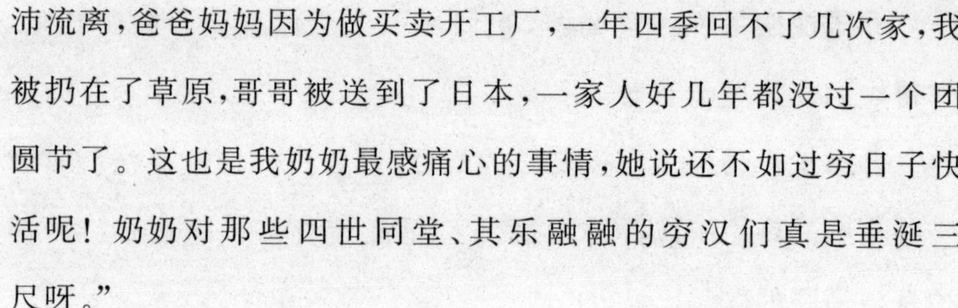

沛流离，爸爸妈妈因为做买卖开工厂，一年四季回不了几次家，我被扔在了草原，哥哥被送到了日本，一家人好几年都没过一个团圆节了。这也是我奶奶最感痛心的事情，她说还不如过穷日子快活呢！奶奶对那些四世同堂、其乐融融的穷汉们真是垂涎三尺呀。”

“你奶奶是想在儿女的阳光雨露下颐养天年，从此可以看出，你的奶奶是一个很自私的奶奶！”乔志分析道。

夏桔说：“也不能这样分析朵莱的奶奶，我最近读了一篇文章，上边说有一个儿女都在美国的大学教授，一个人过着很孤独的生活，偶尔接一次孩子们的电话；还有一个人力车夫，他的孩子有掌鞋的，有摆小摊的，每天他回到家里，孩子们都给他温好了酒、摆好了菜，围绕着他，一家人其乐融融，你说这两个人谁活得更快乐一些？”

朵莱说：“人力车夫更快乐。”米诺说：“我看还是教授更快乐，因为儿女光耀了他的门庭。”马科说：“都有快乐的地方，层次不一样。”

朵莱说：“别管人家的事了，你们听了我的家史，又把话题转了，太不公平了。”

朵莱一说完，大家就迫不及待地把目光投射到了夏桔的身上。其实米诺和乔志他们最想知道夏桔的家史，让朵莱先放炮，只不过是想让她来个抛砖引玉。

夏桔看了看旁边那几双等直了的、好奇的、探询的眼睛，慢慢地说：“我不喜欢被人一览无余。家和父母是我个人的，我不想跟别人说。每个人都应该有自己的绝对空间，一块属于自己的天

地。一个有修养的人应该明白这点。”

米诺不高兴地说：“你的意思，是说我们都是没有修养的人呗！”

夏桔说：“我可是没那样说，是你自己说的。”

米诺对夏桔说：“夏桔，说一句不好听的话，我不喜欢你的淑女样，像一块没有花纹的蓝布，你根本不会像我这样自由自在地活着，所以，我很少看到你有高兴的时候。”

夏桔说：“我知道，有人甚至在背后骂我矫情和怪癖，但是一个人不可能做到让所有的人喜欢，我们喜欢一个人一般都是喜欢他个性中的一部分。比如说你，刚来时我觉得你自以为了不起，爱欺负人，所以特讨厌你。但是通过接触，我喜欢上了你的另一部分，比如，你的直爽、你的敢说敢干都是我所缺少的。关于我喜欢诗，有人骂我酸，我不在乎，在精神普遍被物质所奴役的时代，别人这样骂我是可以理解的。”

夏桔这几句不卑不亢的话说得大家都很尴尬，因为大家刚才还骂夏桔酸来着呢。

朵莱说：“千人千种性格，要是夏桔和咱们一样，那她就不叫夏桔了。比如，夏桔看见后山坡上的落叶就有灵感，能写出文章，而我却只知道那是一片掉下来的树叶子，啥想法也没有，这就是我和她的区别。”

马科也在一边和稀泥：“得，得，得，我看说家史没什么意思，我再朗诵一首大家都喜欢的诗吧。”马科把嘴撅高，煞有介事地站了起来：

“很久以前/我们敬爱的班主任/给我们上了第一堂课/他说

是XX，总会XX的/说的多好啊/顺理成章/铿锵有力/这句话像是火苗/直窜进我们的血液里。”

夏桔、程青青、米诺、乔志也跟着快乐地朗诵起来：

“是金子总会发光的/是玫瑰总会开花的/是骏马总会奔驰的。”

马科接着说：“多年后，学生各奔东西，老师的话不再有用，金子已变成了废铜/玫瑰已变成了枯草/唯一证明现实的是老师的死/来参加葬礼的同学们说了句什么？”

大家齐声说：“是活人/总会死——掉——的。”

最后这句，大家拖长了声音声嘶力竭地喊起来。

乔志说：“好极了！我这块金子就是他妈的放不出光彩来，怨谁？怨谁？”

马科瞪了乔志一眼说：“先从自己身上找原因，别拉不出屎来就怪地球没有吸引力。”

大家大笑！

（五） 虚伪的父亲

1.

校园里的白玉兰花几乎都要落光了，但宿舍屋里窗台上的那盆白玉兰花还很旺盛地开着，这盆花是夏桔的妈妈辛纯送给夏桔养的，夏桔对这盆花很上心，每天都侍弄一会儿。

周六的上午是201的女孩们睡懒觉的日子，杰出的懒觉大王是程青青，她能一躺就是连续十几个小时不挪窝。她说自己在学校的表现还算是好的，若是放了寒暑假，干脆就见不到早晨的太阳了，冷不丁地见一次，就觉得这人生好得他妈的不得了，真是好！这不是，都九点钟了，她还没有起床，垂落着蚊帐睡得天昏地暗，把睡衣睡裤都蹬掉到了地下。几个高年级的男生来看米诺，夏桔去教室了，朵莱趴在床上正在一边啃鸡腿，一边看书。米诺听见敲门声，情急之下捡起程青青的衣物就塞到了自己的枕头下，一屁股坐在程青青的床沿上，压住了程青青蚊帐的开口处；朵莱也赶紧将啃完的鸡骨头埋在窗台的花盆里。

这几个男生和米诺是邻居，他们和米诺说说笑笑了很长时间。程青青的蚊帐是进口的，很高级，里边的人能看见外头，但外

边的人看不见里边。有一个大个子驼背的男生说:“听说你们宿舍里有个女生会算卦?”驼背男生一边问米诺,一边用眼睛向四处扫射。米诺说:“她去别的宿舍了,一会儿就回来,你们再等一会儿吧,是不是要请她算一算?她最近可又学了一招,特准。”几个男生立刻大感兴趣:“是吗?那我们就等一等。”男生们于是又打开了话匣子,一直到吃饭的时间,才依依不舍地告辞。

男生们一出门,二床“腾”地窜出了光着大腿的程青青:“衣服,衣服,我快被尿憋死了!”

朵莱一边笑一边捶打米诺。

这时候夏桔回来了,她拿起喷壶给窗台上的那盆白玉兰花浇水,她对这盆花很上心,每天中午都侍弄一会儿。夏桔看见花盆里的鸡骨头后非常不高兴,她知道是朵莱放的,皱着眉头一声不吭。

朵莱看夏桔生气了,忙解释说,自己也是好心,鸡骨头腐烂后会变成很好的养料,那样花儿会长得更壮。

夏桔说:“宁可不开花,也别弄一屋子腐肉味,我只给它喝干净的清水。”

朵莱和夏桔在一起吃过几次饭,知道夏桔从来不吃肉,但没想到连她养的花都嫌肉有味。

朵莱说:“夏桔,我看你是有点怪癖了,人不吃肉会营养不良,花缺营养也活不长。就说你吧,长得那么瘦,我看你就是缺肉,我过去看过一篇文章,那上边举了一个很有趣的例子,说七十年代的北大教授,一个个不到五十就秃了头顶,面黄肌瘦!可中国农牧大学的教授们一个个红光满面。国家给大学教授一样的待遇,

凭什么农大的教授就气儿那么足，你知道是什么原因吗？”

朵莱自问自答地说：“那是因为农牧大学的教授经常给学生上解剖课，那些被解剖完的牛呀羊呀都被他们分了拿回家吃了。”

程青青在那边接着朵莱的话神经兮兮地说：“有道理，我也看了一份资料，说吃素和尚的平均寿命是41岁，多可怕呀！夏桔，一个不懂得享受美食的人是不会生活的人。”

夏桔说：“能活多大就多大吧，听天由命！”然后她就戴着一副白手套，拿着镊子皱着鼻子往外夹花盆里的骨头，那样子比看见狗屎还恶心。这让朵莱很不舒服，小脸立时有点发紫，这骨头可是刚从她的嘴里吐出来的，嫌这骨头脏，也就是嫌我这个乡下孩子脏。夏桔这些无声的肢体语言深深地伤害了朵莱，比米诺骂她老巴还要痛。

夏桔看朵莱的脸变了，忙说：“朵莱，我没有别的意思，我想，让这些烂骨头埋在里边，发出臭味，影响宿舍里的空气，花盆里还爱生虫，有了虫子，花就会死。养花的目的是陶冶性情、清洁室内空气，如果有了腐肉的臭气，那这两个目的都被破坏了。你知道吗？白玉兰有和你一样的品格，刚直不阿，洁身自爱，我比较欣赏你的个性！我也喜欢白玉兰，我担心它生了虫会死掉。”

朵莱“扑哧”一声笑了：“夏桔，你可真会哄人，我刚才还真有点生气。明明是一盆花，你非要赋予它个性，你可太爱幻想了。”

夏桔说：“我妈妈说，世上的万事万物其实都是有生命的，一朵花、一棵草，它们也和人一样，都有自己的个性、气质、喜好。梅花不与群芳争艳；荷花品质高洁，出淤泥而不染；水仙清洁娇柔……”

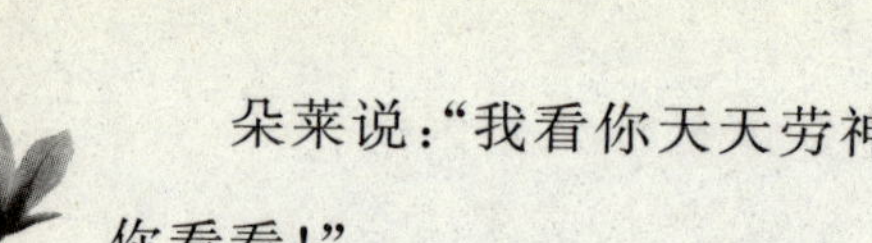

朵莱说："我看你天天劳神费心地收拾，这花也没开出一朵让你看看！"

夏桔说："还不到时候，白玉兰在春冬时节孕育花蕾，在料峭的春寒中先开花，后长叶，花朵洁白如玉，芳香似兰，故而得名白玉兰。它对温度比较敏感，从南到北，花期相差四个月，被喻为春天的轨迹。此外，玉兰还有一个昼开夜闭的习性，早晨亭亭玉立，中午则如万鸽腾飞，午后黄昏前朵朵盛开，花姿怒放，好像玉蝶一样，而到了晚上，犹如没有开放的百合。"

"呵！夏桔，你快成了白玉兰专家了，你怎么这么了解它呀？"朵莱问。

夏桔说："我妈妈喜欢白玉兰，小的时候，母亲的书房里每天都弥漫着一股白玉兰的香气，从小妈妈就对我说：孩子，我希望你像白玉兰一样健康地成长，纯净而茁壮！"

朵莱哈哈大笑："哈哈，怎么和我爸爸一个论调，爸爸刚送我来学校的时候就看着满树的玉兰花对我说：孩子，希望你和白玉兰树一样成长，在北京生根，发芽，开花。"

米诺翻了朵莱和夏桔一眼，撇撇嘴说："臭美，可能吗？生在这个大粪缸里。"

夏桔转头问："你说什么大粪缸啊？"

朵莱看风头不对，怕两个人吵起来，立刻转移话题问夏桔："你妈妈是干什么的？"

"和文字打交道的人。"

"喔，和文字打交道的，怪不得那么脱俗，还生了一个小脱俗。"

程青青说："我也挺喜欢花的，但让我欣赏可以，让我养，我可不干，太辛苦啦，夏桔，看着你侍弄它我都累。"

夏桔说："什么叫辛苦？去做一件你不愿意做的事情却又不得不强迫自己去做，那才叫辛苦；如果你自己觉得有趣，你不会感觉到辛苦的。比如说你吧，我看你看那些算卦的书一连几个小时地看，一点看不出累的样子，可让你背一会儿英文单词或者做几道数学题你就哈欠连天，一副受苦受难的样子！"

"哎哟，夏桔，你可真说到我心里去了，我一看那些数理化的东西和 ABCD，头就发胀，看来我真不是读书的料，我天生就是个方术大师的料，注定会成为后辈们景仰的圣哲先贤，老天爷派我到这世上来普度众生啦，岂是麻雀小儿们才摆弄的小玩意儿。"

夏桔笑着说："麻雀小儿在这里劝你一句话，你想做方术大师，就要好好学习，一个方术大师要懂人间万象、天文地理，要能著书立说，明代的方术大师刘伯温，写出了《卜筮正宗》；三国的诸葛亮流传有《马前课》；还有郡康节等，他们才可称得上圣哲先贤。"

程青青傻乎乎地看着夏桔："夏桔，你真行呀，还知道这么多！我只知道一个诸葛亮懂相术！刘伯温是谁呀？我怎么不知道？"

夏桔说："刘伯温是明代人，曾任明初的御史中丞兼太史令。他写了著名的名篇《卖柑者言》，'金玉其外，败絮其中'就是他流芳千古的名句。他是个散文家、政治家、军事家，同时也是一个方术大师。民间传说他后来被朱元璋杀害。"

朵莱知道"金玉其外，败絮其中"这个句子，但她一直不知道其出处。

朵莱立时对夏桔肃然起敬。

米诺心里也在嘀咕:这丫头肚子里还真有点东西。

2.

周一的晚上,朵莱一进聊天室就见到了那个“习惯了眼泪”,朵莱抑制住自己的激动和惊喜,键入了:“Hi,你周末为什么不上网,我很担心,现在见到你很高兴。”

“习惯了眼泪”告诉她,昨天跟父亲冷战,心情不好,所以就没上网。

朵莱说:“每天能看见父亲多幸福呀,真羡慕你,我盼着见父亲就像盼过节一样。不要和父亲冷战啊！要珍惜。”

“习惯了眼泪”说:“他是个非常非常固执的人,很少听从别人的建议和意见,我对付他的唯一方法就是沉默,他不懂我。我和他现在是无语父女,我们几乎不说话。”

朵莱一连键入了三个“No”,还有“这样可不好,这样更会加剧你和爸爸之间的裂痕。”

“习惯了眼泪”说:“你不知道他有多烦人,每天睁开两只眼睛就唠叨,一直唠叨到晚上闭上两只眼睛。”

朵莱问:“你的父亲是干什么工作的?”

“习惯了眼泪”说:“医生。”

朵莱说:“哈,我奶奶管这样的唠叨叫爱的唠叨,爱得过分了的表现。”

“习惯了眼泪”说:“唉,什么爱呀！小时候总觉得父亲很完美,可现在我对父亲真是越来越失望,看着别人的父亲那么宽容

大度，那么理智随和，像一棵大树一样坚定有力量，我的心就又疼又痛。我常常想，为什么我的父亲就那么的琐碎，就那么的不理智，一点点小事就会暴跳如雷，大动干戈。”

朵莱说：“我是一个缺少父爱的孩子，我的父亲长年在外奔波，一年到头很少回家，我有时候很羡慕那些能够天天和父亲呆在一起的孩子，我也想听一听父亲那些琐碎的爱的唠叨，但我听不到，也许人都是这样的，拥有时并不珍惜。好好理解你的父亲吧！”

“习惯了眼泪”说：“我很羡慕你父亲成年累月地不回家。”

然后“习惯了眼泪”就打出了一行诗：

“没有一个男人

以父亲的名义

迫害你”

朵莱哑然失笑，迅速地键入了几个字：“呵呵，这是你写的？”

“习惯了眼泪”说：“不，是一个叫橡子的人写的，我送给你。”

朵莱说，我可以加两句吗？“习惯了眼泪”说：“可以，只要你篡改得好。”

朵莱写道：“没有一个男人/以父亲的名义/迫害我/所以/我遗憾。”

“习惯了眼泪”说：“你神经呀！想找罪受，我就把我的父亲免费送给你好了。”

朵莱说：“也许我们都偏激，每一个人都根据自己的生活体验，对生活做出是非对错的判断。我奶奶说，等咱们长大了，就能理解父母的苦衷了。”

“习惯了眼泪”说:“唉,我的生活你真是不懂啊,等你真正见到我的父亲并了解了他的时候,你就不会这样说了。”

朵莱发愣,“习惯了眼泪”这句话好像从哪里听见过:我的生活你不懂……

啊,夏桔也说过这话啊。

哦,朵莱还真不理解这个网友的感受,她的父亲到底是个什么样的人?为什么女儿这么厌恶他,和自己对父亲的感觉还真是不一样呢!

3.

周二的下午,夏桔的父亲夏子树来到学校找到王老师说:“夏桔这孩子身体不好,组织能力又差,恐怕不能替老师多分担工作!”

王老师说:“弱才需要锻炼呢!我发现她有这方面的能力。”

王老师说的是真心话,自从夏桔当上班长后,王老师感到自己轻松了不少,别看夏桔平日里文文静静的不爱吭声,但干起工作来很仔细,也很有能力,夏桔的仔细加上马科的魄力,将班级的工作做得很红火。这也改变了王老师最初对夏桔的看法。

夏子树转了转眼珠说:“我前天看她的考试卷子,考得很不好,这孩子的学习有点退步,是不是分散了许多精力。”

王老师一听,不吭气了,她知道这个爸爸绕着弯子说了半天,其实只有一句话:我的女儿不能为别人服务,我女儿来这里的任务就是学习!

王老师对夏子树立刻心生厌恶,毫不掩饰地皱起了眉头。夏

子树刚走出门口，她就“砰”的一声将门踹上：“狗屁院长，自私透顶！”她顿着脚骂道。

然后，她就气冲冲地跑到教室里开始挖苦攻击如今的一些干部。她说，如今自私自利的人多，最自私污浊的还是一些干部，因为他们有贪心自私的便利条件。

她没点夏桔，也没说她爸爸的名，她觉得自己是有修养的，是知识分子，她为自己意识到这一点而自豪。

牢骚过后，王老师就组织同学们重新选班干部，夏桔的票数仍然不低，但在唱票时王老师不动声色地将夏桔的票少念了五次。

夏桔落选，连班副都没当上。

刚刚来校才几个星期的朵莱过五关斩六将打进班级的五强之中，“朵莱”二字耀武扬威地出现在高一（三）班的黑板上边。马科重新做了正班长，夏桔的空缺由朵莱代替，只是朵莱是副班长。

夏桔傻愣愣地坐着，呆呆地看着黑板上的的名单，像被什么利器击中了一样。等她明白过来是怎么回事，眼圈立刻红了，她咬了咬嘴唇趴在了桌子上，她害怕自己的眼泪让别人看见。

王老师看见了夏桔的眼泪：哼！哭什么哭，谁让你有那么个自私的爸爸来，不想干拉倒！高一（三班）也不是没人才了！

王老师回到办公室以后立刻给夏子树打电话：“夏院长，我已经撤换了你女儿，你知道，我这个班的学生素质都很高，个个争强好胜，都想当班长，我可不愁没有人才！”王老师说完还没等夏子树说话就把电话放下了。

夏子树放下电话越想心里越不是滋味，气得肚子鼓鼓的：这

个老师真他妈的神经病。

王老师可解了气，她在办公室里走来走去的，嘴里还哼着歌儿！

晚上，夏子树给女儿打来电话，他怕这件事影响夏桔的学习，直接了当地说：是我找了老师，你现在主要的任务是学习，其他的事少参与，当干部有什么好！

夏桔听父亲这么一说，气得心都哆嗦了："那你为什么做梦都想当大官？以后我的事你少管！"说完"砰"的一声将电话扣下了。

夏桔气得嘴巴都青了，这几年，爸爸从职员做到科长，从科长做到处长，又从处长做到副院长，还天天和奶奶念叨着再等多长时间就升到了正院长。他说生命在于运动，升官在于活动，自己得加紧活动活动，但家里来了客人或下属，他总呷着茶慢悠悠地说，自己真的不愿意做官！

夏桔狠狠地想：虚伪，真是虚伪！

（六） 不寻常的家庭

1.

被撤掉班长以后，夏桔恢复了以前的沉默低调状态，下课很少出屋，只一个人默默地坐着呆呆地看窗台上的那盆早已经落尽花瓣的白玉兰，嘴巴里念念有词："琼花似玉雪为魂，淡定素心不染尘……"

唉，白玉兰枝头上早已经没有了花儿，她的脑子里还在想着那些昔日盛开的花朵吗？

朵莱远远地看着夏桔那孤单落寞的身影，她心里也很难过。虽然夏桔几次强调她这次的落选跟自己没有关系，但朵莱仍然固执地认为倘若没有自己，夏桔就不会落选。是自己抢了夏桔的名额，因为除了夏桔和朵莱交换一下位置，其他的班级干部都原封没动。

老师怎么这样啊！朵莱对老师真是很失望，你说人家干得好好的，又没有出现错误，你凭什么搞个改选把人家拉下马呀？真是好奇怪！

乔志也很为夏桔打抱不平，他认为这次改选是老师专门冲着

马科来的。肯定是老师想把马科扶正了，肯定是马科的爸爸给老王送了大礼……乔志骂骂咧咧的："这贵族，你看我早晚会扁了他的。"

为了让夏桔高兴一点，朵莱提议这个周末到北部郊区一个赛马场去骑马。

米诺说："现在郊区已经很冷了，还是明年夏天去更好。我提议，去打高尔夫球。"朵莱和夏桔都没打过高尔夫球，只在电视上看过，所以很兴奋。听说打高尔夫的费用非常昂贵，朵莱担心钱花得太多。

米诺说："不用花钱，找我爸爸就行。"她说当初建高尔夫球场的时候，是爸爸给那个开发商批的地。爸爸领她去玩过好多次了，都没花过银子。米诺很得意地说着。

朵莱说："我没玩过，你可得好好地教我。"

米诺说："我的水平一般，程青青不是说自己是高尔夫球场上的常胜将军吗？你让她教你。"

米诺瞅瞅程青青，眼神里充满了挑战和瞧不起，她不相信程青青会打高尔夫，连程青青去没去过高尔夫球场她都怀疑。

程青青自信地说："没问题，我保证把你们都教会！你快给你爸爸打电话，让他快给咱们联系吧。"

米诺给爸爸挂手机，可爸爸的手机关机，打妈妈的手机，妈妈说你爸爸现在正在外地考察，过些天才能回来。

米诺摊开手说："只能等了！"

程青青说："等你爸爸回来，咱们再去打高尔夫，这个周末我先请大家去游泳和打保龄球。"

朵莱说:“你许了愿可得实现,我们可再也经不起打击了。

”朵莱对打不成高尔夫很失望。

程青青说:“小事一桩,我马上联系让家里周末来接咱们。”她说完就打电话。为了让大家相信自己,她把电话的免提打开,按了几个键,一个甜腻腻的女声传了过来:“您好,这里是董事长办公室,请问您找谁?”

程青青说:“刘秘书,我周末要带几个同学去游泳和打保龄球,你周五下午派车来接我们,把我的车子也开来,车钥匙在我的保姆手里。”

电话那边立刻低声下气,小心翼翼地问:“放心,我一定安排好,您能告诉我来几个人、住几天吗?”

程青青问夏桔是不是再找几个人,那样热闹一些。夏桔怕去的人多,程青青太破费,就摆摆手说:“就咱们几个去,不要再找别人了。”

程青青对着电话说:“四个人,住两天。”说完她就将电话关掉了。

三个人像看外星人一样瞅着程青青。

2.

星期五下午五点,两辆高级轿车悄然停在了立才学校女生宿舍的楼前。这时学生们刚刚上完最后一节课,正在往宿舍里走,大家谁也没往心里去。因为一到周五,立才的校门前,全是来接学生的轿车,就是最穷的学生也很少有骑自行车和坐公交车的。即使有这样的学生,自己也偷偷地撤,作为隐私,不想让人知道。

老师们常常教育学生不要搞攀比，要艰苦朴素，但学生们却对此嗤之以鼻："金钱是衡量一个人是否成功的尺子，穷小子们当然最痛恨这把尺子了！"

两辆轿车停下后，从每部车的里边各走下来一位身着笔挺的黑色西装的年轻男人，他们向女生宿舍里走去。

"哇！宾利 ARNAGE、奥迪 Q7……都是大名牌啊！"

"喂，程青青，哪部车子是你的？"

程青青在大家惊奇的目光中，和一个着黑西装的要来钥匙，款款地向那辆豪华的奥迪 Q7 走去，她潇洒地打开车门坐在了驾驶位上，将车子发动着之后，就把头伸向窗外说："夏桔，你和朵莱去坐宾利吧，米诺上我的车。"

女孩们在两个黑西服的陪同下分别坐上了轿车。

上车以后，程青青一转方向盘调过车头，然后潇洒地将车第一个驶出校园。

"程青青，开学时候送你来学校的不是加长的林肯吗？"米诺问。

"那是我妈妈的车。"

"你有驾驶证吗？"米诺又问。

"我还不满十八岁，正式的证件办不出来，爸爸给我弄了一个临时的，我一般都是在郊外才自己开，在警察多的地方我就交给王哥开。"

程青青说着用嘴努了努，示意旁边的黑西服。意思是他就是王哥。

米诺的脸上写满了嫉妒，她悄悄地想，下个周末回家，也跟爸

爸要一辆车子玩玩，程青青有奥迪 Q7，我起码也得有一辆奥迪 v6 才不丢份儿。

当车子驶到位于城南郊外的一处花园别墅区时，程青青打破沉默，指着一处最壮观最美丽最大的独体别墅说："米诺，你看，那就是我家！"

米诺知道这是全城最昂贵的别墅小区，许多影艺圈的成功人士和境内外的富商巨贾都在此安家。

"要上你们家吗？"米诺问程青青。

"不，直接到蓝宝石娱乐城。"

米诺听说过蓝宝石，它集旅馆、饭店、舞厅、温泉、游泳池、卡拉 OK、KTV 包房于一体，是全方位的娱乐大综合。有一次，妈妈和爸爸吵架，妈妈不准爸爸以后再到蓝宝石去。

爸爸笑嘻嘻地说："去蓝宝石怎么啦？去蓝宝石是一种荣耀，象征着身份和地位，在那里进进出出的都是有头有脸的人，像那种小瘪三，人家可能都不欢迎呢！"

"你认识那里的人？"米诺问程青青。

程青青微笑着不吭气，坐在副驾驶位上的黑西装"扑哧"一下笑出了声："那是她爸爸开的。"

"哇噻，你们家做那么大的买卖呀？"

"你不知道呀，田园、红月亮、紫蝴蝶等几家娱乐城都姓程。"黑西装又接着说。程青青一脸无所谓的样子。

米诺想，唉，没想到这个神经兮兮的丑女竟然真是超大富豪的女儿，真是看不出来！看来，我以前是太小瞧她了。

两辆轿车在富丽堂皇的蓝宝石大厦前停了下来，立刻有几个

侍应生走上前来拉开了车门。几个女孩在六七个人的陪同下，在一片“您好”、“欢迎你来蓝宝石！”的声音中走进了大厅。这时，刘秘书也满面春风地迎了过来。

蓝宝石的漂亮和壮观让朵莱如坠童话世界，不知道该用什么词来形容它，好像全世界的好东西都集中在这里了。还有那些服务员们，个个长得如花似玉，把她们比得就像几只没长好羽毛的干干巴巴的小雏鸡，不小心飞进了白天鹅的队伍里。

朵莱真的第一次有了自惭形秽的感觉！

她们踩着软绵绵的蓝色地毯走进了电梯，被刘秘书引到了八楼。被安排在两个高级的套间里。

程青青告诉刘秘书，晚饭让服务员送到房间里。刘秘书说，我已经安排好了，晚饭在小餐厅里给您们开欢迎晚宴，我七点钟准时来接您们。我现在去调来几位服务员来侍候您们洗浴。青青，请问诸位小姐是在本房间，还是去桑拿间？”

夏桔和朵莱一致要求在本房间里洗，并拒绝服务员。程青青只好说，大家都累了，让她们静一会儿，自便吧。

六点五十分，刘秘书和几个工作人员亲自来接她们，刘秘书在程青青面前谦恭的样子，使程青青的地位一下子蹿高了一大截。

在餐室里，刘秘书招呼服务员上菜，她笑眯眯地对她们说：“我们这个餐室条件一般，你们都是富家的千金小姐，都见过大世面，请你们多包涵，本来我们董事长决定亲自招待您们的，可是边来了一个重要的客户，我们董事长现在正在正餐室陪他们吃饭，我一会儿也要过去，所以真是对不起……”

朵莱她们哪是见过什么大世面的人，这个所谓的小餐室里的豪华装璜和精致气派早让她们在心里喊了无数个“哇噻”！

米诺故作大气，装出满不在乎的样子说：“哎呀，这样随便更好，吃得更亲切！”

程青青对刘秘书说：“你忙吧，有人陪我们吃，我们反而不舒服。我们自己吃，吃完后我们随便玩，你就别操心了！周日把我们送回学校就行了。”

刘秘书犹豫了一下，好像有点不放心地说：“那就依了您，只是这几天十楼以上是重要客户住的地方，需要安静，大舞厅也要用……”

程青青知道十楼是总统套间，她摆摆手说：“你放心，我们不上十楼，也不去大舞厅。”

刘秘书对已经分坐在餐桌旁等着给程青青他们开欢迎宴会的随从们说：“你们走吧，大小姐她们不需要这些礼节，她们要自己轻松地吃。”

随从们乖乖地站起来，又礼貌一番，走出了餐室。

“程青青，你行呀，真是看不出来呀！”

“什么程青青，简直是皇家的大格格呀！”

“立才学校的程青青，怎么一下子就变成了大格格，我不是在做梦吧？”

刘秘书她们一走，大家就闹起来，这个拍青青的背，那个拧青青的大腿，怪话酸话都出来了！

程青青也不在乎：“别闹了，上菜来了！”

十个服务员各端着一个大托盘，袅袅婷婷走进了餐室，将菜

放到了桌上，并依次报了菜名。

服务员问程青青喝什么酒，程青青说："来一瓶轩尼诗理查。"

朵莱瞪了一眼程青青说："我看摊上你这个败家的女儿，你们家非得败在你的手上。不喝这个，喝点饮料就可以了。"

程青青说："不行，今天咱们非得喝个昏天暗地不可，一醉方休。"

夏桔也反对喝酒，她说当学生的喝酒，让人笑话。

程青青说："这里谁敢笑话我，谁敢？本小姐想喝，我看谁敢笑话？"

米诺说："她已经醉了！"

朵莱说："喝也可以，但不能喝'轩尼诗理查'，喝点普通的就行。"

最后在取得一致意见后，服务员拿来了一瓶茅台、一瓶干红。

夏桔和朵莱喝干红，程青青和米诺喝茅台。米诺觉得不合理，凭什么我们喝白酒你们喝干红，夏桔说我们不能喝怎么办，又不是我叫你喝茅台的，是你们发狠要喝！

程青青说："今天是高兴的日子，不许你们辩论。"朵莱也说："谁想喝什么就喝什么，只要高兴，其实我本来连干红都不能喝，可是为了庆贺咱们几个头一次出来玩，我就舍命陪君子了！"

米诺撇撇嘴说："什么舍命陪君子，就嘴上说得好听，喝点干红就舍命了，那种酒我一口气能喝十瓶。"

朵莱忽然转开话题说："昨天，我额吉（奶奶）来电话了，好个哭！"

大家问你额吉为什么哭，朵莱说："家里的一条大牛死了。"

“怎么死的？”大家又问。

朵莱说：“让米诺吹的呗！”

大家大笑。

米诺说：“你们早晚得把我烦死！”

“好了，好了，别贫嘴了，菜都凉了。”程青青摆摆手说。她让服务员把酒给大家分别斟上，然后第一个端起来说：“来，我先敬大家一杯，祝你们三个越长越漂亮。”

“俗气死了，你能不能来几句脱俗的。”

“没办法，俗家弟子吗，说不出脱俗的话来。再说了，这是一句所有的女人都爱听的话，你们为什么不爱听？”

“就因为所有的女人都爱听，我们才不爱听，我们是谁？我们是普通的女人吗？”

“好，好，我就不说了，让咱们一干而尽，啥也不说！”

大家落座后，米诺说：“今天这里没有男生，我给大家说个好玩的笑话好不好？”

朵莱说：“行，不过，也要注意一点语言美，别和那些男生们学，一开口说笑话就满口吐垃圾。”朵莱接着说：“有一天我去男生宿舍看见男生们正在津津有味地看一本《网上夜笑话》，我也不知道那是一本什么笑话，抢过来就看，刚看了一个开头，就把我臊得跑了出来，背后是男生们起哄的恶笑声。”

米诺说：“谁让你见识短了呢，现在大街的书摊上到处是这种黄色的笑话，许多青少年都买。可你们放心，我的笑话一点儿色都没有。”

大家说：“好好好，我们正不知道该玩什么好呢，你快讲吧。”

米诺清了清嗓子说："我那天看晚报，看见了一个很好笑的文章，不过，写的是真事。文章说，前几天郊区发生了一件强奸少女的恶性事件，不几天就破案了，强奸犯是一个七十四岁的老头子。审讯人员问老头：你这么大岁数了，怎么还做那种事情？老头鼓鼓嘴巴说：我的生日小，腊月二十五的！"

大家轰笑起来："好玩，好玩，真好玩！"

米诺提议程青青再讲一个好玩的笑话。夏桔提议大家唱歌，朵莱也同意。程青青就招呼服务员过来，让他把 DVD 打开。服务员打开 DVD 后，电视屏幕上立刻出现了一个唱歌的小甜妹，甜腻腻的声音立即在满餐室弥漫起来。服务员把装光盘的盒子拿过来让程青青她们选歌。

这时候，服务员要将第一道的十个菜撤下去，再上第二道的十个菜。朵莱生气了："程青青，你这是干什么？这多浪费呀！你要是让她们再上新菜我就宣布绝食！"

夏桔也反对再上菜，她说还没吃几口，就扔掉，太可惜了。

程青青向服务员摆摆手，她怕大家骂她有意摆阔，就解释说，这都是刘秘书安排的。

朵莱说："你老爸该解雇了这个刘秘书，她早晚会把你们家闹破产了。"

朵莱说着就拿起了一瓶雪碧咕嘟咕嘟喝起来，喝完一瓶放下说："我很生气。"说完又拿起了一瓶咕嘟咕嘟喝起来："我非常生气。"

朵莱是喝饮料的大王，一口气能喝三瓶，谁都知道。

夏桔慢慢地吟道："一杯为品，二杯即是解渴的蠢物，三杯便

是饮牛饮骡了！”

朵莱笑了：“你不要拿《红楼梦》里的小可人妙玉的话来寒碜我。我是谁？我是刘姥姥！”说着就扁起嘴巴装扮成老婆子样大嚼大咽起来，把她们差点笑破了肚皮。

米诺、夏桔和程青青各选了一首歌，呵呵咧咧地唱起来，夏桔让朵莱也唱，朵莱说我不想唱，你们唱，我来当听众。说完，就自顾自地一个人吃起来。

米诺说这朵莱真像刘姥姥一样，非撑得到处拉屎不可。

大家又笑了一番，逼着朵莱用蒙语唱了几首歌。米诺说观众太少没激情，咱们吃完饭去迪厅玩。夏桔说我不喜欢到好几百人的现场跟着人一起嚎叫，玩那么狂躁的东西我受不了！

这时候，刘秘书把程青青叫了出去，在门口嘀咕了几句，程青青转回来说：“我出去一下啊，你们等着我。”

程青青来到了正餐室，餐室里乱哄哄的，看见爸爸在和一群人在喝酒。爸爸招呼青青：“青青，快来认识认识你赵大爷！”

那个被称为赵大爷的是一个秃头，已经喝得红头涨脸，说话时舌头都短了：“……青青……呀，这就是程家的大……大小姐，这么大了！来，过来，让赵大爷看看你。”

程青青刚走到餐桌旁，秃头就夹起一口菜塞到她的嘴里。程青青边嚼着菜边打趣地说：“牛叔叔，三天不见，您的额头又亮了不少，我昨天还给你算卦了呢，你知道吗，你今年可吉星高照呀！”

一阵大笑。

那个秃头更是笑声朗朗：“丫头，你也给我相相面。”

程青青假模假样认真地瞅瞅秃头，瞪着眼睛故作惊讶：“哎

呀，爸爸，你可得好好地侍候我的这位大爷，从面上看他可是当宰相的命呀！”

哈哈哈！又是一阵大笑！

程青青从小就跟随父母来往周旋于达官贵人之中，早已练就了一套讨好权贵们的本领！

青青的父亲原是本市很重要的一位官员，后来下海做了买卖。因为在政界呆过，认识一些很重要的人物，所以万事亨通、买卖兴隆，他是这座城市里最大的富翁，做房产生意，还开有几家娱乐连锁店。家居别墅 1000 多平米，还拥有令人艳羡的花园、游泳池等现代设施。程青青的那辆奥迪 Q7 就是因为英语考了一次九十八分，老爸奖给她的，专供她自己开着游玩。

程青青之所以一举一动都不像个富家的千金，完全是受奶奶的影响。奶奶是个农村老太太，她没有因为儿子的富有而抛弃了原来简朴的生活方式，面前摆着大鱼大肉她仍然觉得小葱蘸大酱最香；躺在席梦思大水床上，她仍然觉得睡土炕更踏实，绫罗绸缎和貂皮裹在身上，她仍然认为粗布大卦更舒适温暖。程青青从小由奶奶带大，所以根本就没培养出千金小姐的脾气秉性，一脸的草根样。

米诺觉得这老天爷真是不会安排啊，啧啧，就凭她那个困难的长相……

3.

等程青青给爸爸的客人敬完了酒回到自己原来那个餐室的时候，发现朵莱和夏桔正热烈地交谈，米诺不见了，青青问米诺

呢，朵莱说刚才还在啊。

又等了二十多分钟，米诺还是没有回来，大家这才着急，急忙分头去找米诺。但是找了半天也没找到，后来一个保安过来说，楼顶上刚才站着个女孩子，后来发现她下了楼，向旁边的迪厅走去了。

几个女孩子急忙走出蓝宝石向迪厅方向出发。

蓝宝石离“快乐迪厅”只有五分钟的路，老远就能听到里边疯狂的叫喊声和音乐声。

迪厅里忽闪迷离的镭射灯和狂躁的音乐及疯狂的叫喊刺激着她们的感官，里边的人都摆动着屁股，摇着脑袋，将头发甩飞着狂跳。音乐是一首很煽情的歌曲，舞台上喷着白雾，巨型的彩灯在人们的头顶上滑行着。一个领舞的漂亮女郎在最高的地方如金蛇狂舞。

看见了，她们看见光影下的米诺了，在迅速变幻的灯光里，她把自己扭成畸形怪状，像一个被疯狂的音乐抽打着的旋转的陀螺，在高速地做着离心运动。

看起来米诺是舞林高手了，蹦的花样繁多。她和一个陌生的小伙子绕来绕去拼命狂跳，引得聚光灯不时地扫射过来，把她当成了焦点。

三个女孩拼命往米诺身边挤，就在要到达米诺身边的时候，朵莱忽然看见一个把脸画得像鬼一样地人正在往米诺身边靠，朵莱急忙跑过去，拉了米诺一把说：“米诺，走吧，你怎么来这种地方啊？”

米诺说：“别管我！”她闭着眼睛又发疯一样地开始跳。

这时候，那个怪里怪气的鬼脸已经凑到了米诺的跟前，他把屁股贴到米诺的屁股上，边跳边蹭。

米诺睁开眼睛，手一抡，一个大耳刮子抽了过去："臭流氓！"

那个鬼脸愣了一下，然后就反扑过来："小 B 崽子，给你脸还不要脸，你敢打爷爷！"

三个女孩吓得尖叫起来："打人了！打人了！"人群轰地散开了一个位置，几个保安冲过来，拉开了鬼脸男人和米诺。米诺的眼睛被打得乌青；鼻子也流着血，鬼脸男人也没占着便宜，被米诺挠得脸上开了花。

保安没管鬼脸男人，却将米诺推推搡搡地推到了治安办公室，像审贼一样地审米诺，不管米诺怎样解释，他们也不相信米诺的话。他们怪米诺先动手打人，扰乱迪厅的秩序，让米诺交 1000 元罚金。

米诺哪儿受过这样的气，声嘶力竭地和人家喊起来。她们也解释，但人家就是不听。程青青着急地给刘秘书打电话，让她送 1000 元钱到快乐迪厅来领人。

不一会儿，刘秘书带了几个彪形大汉气势汹汹地来了，他们直奔迪厅的治安室，将那几个小保安团团地围住。刘秘书蔑视地对自己的人说："去，把他们的经理请下来，这几个，没资格跟我说话！"

不一会儿，一个高高的大胖子点头哈腰地来了："刘秘书，您请坐！什么风把你给吹来了？快快，给刘秘书倒水。"

刘秘书拉着脸子说："不要麻烦了，你的人把我们家的人打成了乌眼儿青，还要她们交 1000 元钱，你就是这样开迪厅的吗？"

大胖子一听立刻瞪圆了眼睛冲着那几个小保安喊："谁给你们的狗胆……"

米诺被送进了医院处理伤口，迪厅的老板知道米诺是蓝宝石董事长女儿的朋友，就一个劲地赔礼道歉，并且还要补偿米诺医药费 1000 元。米诺说算了，我也不缺那点儿医药费，我只想明白一件事，为什么你们要偏袒那个鬼脸，他在公共场所耍流氓，你们的保安为什么不把他也带到办公室？

大胖子吱吱唔唔地回答不上来，刘秘书拉着米诺说："走吧，今天太晚了。"

路上，刘秘书告诉她们，那个鬼脸是迪厅老板的儿子。

以后的两天里，她们游泳，打保龄球，去健身房，滑旱冰，唱卡拉 OK……尽情地玩耍，可米诺却一直高兴不起来，弄得她们莫名其妙。

朵莱悄悄地问米诺什么事情，米诺连连叹气，却她不肯说。

原来，青青去看她爸的时候，米诺去厕所，出来的时候拐来拐去找不到餐室了。她看见有一个门很像她们吃饭那间屋子的门，就一把推开走了进去，里边灯光幽微，弥漫着一股奇异的香味和一种虚幻的雾霭。米诺知道自己走错了地方，刚想退出去，却见一个男人和一个女人穿着浴衣从里间走了出来，米诺定睛一看，这不是爸爸吗？她惊呼了一声："爸爸，你在这里干什么？"

那个女人向惊呆了的米局长抛了一个满不在乎的媚眼，娇滴滴地说："哎哟，好俊的女儿呀！"

米诺的父亲立刻清醒过来，他挣脱开女人的手，脸色一下子变青了。这时候米诺已经跑了出去。

米诺当时跑到蓝宝石八楼的大平台上。扶着平台的栏杆大哭。

虽然已经快二十二点钟了，但蓝宝石的门口仍然灯火辉煌，霓虹闪烁，各种高级轿车穿梭来往……

米诺伤心地想：这一辆辆名牌车里坐的都是爸爸这种人吗？他们的孩子是不是也像自己一样曾经那么崇拜自己的父亲，总觉得他们高大、完美，是世界上最好最好的人？回到家里他们怎么跟自己的孩子说……

米诺觉得自己从小在心中就塑造的那个圣像已经被人无情地扔下楼去，摔得粉身碎骨了！

于是米诺就疯一样地一个人跑到迪厅里发泄。

4.

周日下午，从蓝宝石回到学校，米诺就给妈妈打电话。她对妈妈说，学校里有很多学生都有车，来回跑，不住宿，很省钱，她也想买一台，她说程青青有奥迪，她不用买名牌，买台普通的就可以。她妈妈胡小云说，你这孩子真是不懂事，你爸爸现在这个身份就是有钱也不能太张扬呀，我们要是给你买车，那些得红眼病的人还不得告到中纪委。

米诺说："程青青有车，也没人告他爸爸！"

胡小云说："程青青的家长是商人，人家的钱想怎么花就怎么花，没人去怀疑他的钱是贪来的！"

米诺说："你们的钱不也是干工作挣来的吗？"

胡小云说："傻丫头，你爸爸的月工资不到四千，你算一算他

一年能挣多少钱，你再问一问，一台普通的奥迪车多少钱？”

米诺说：“我看你用的唇膏，穿的什么皮尔卡丹、蜜雪尔、秋水等牌子的衣服每一样都很昂贵，爸爸的一身西服就是他一年的年薪，所以我断定你们有钱，把钱留起来要下小崽呀，你可就一个女儿！妈妈，有钱你就花吧，要不有你后悔的时候！”

胡小云听米诺这样说，非常生气：“你就胡说八道吧，回来我拧烂你的嘴，我是开银行的？我下钱去呀！你这孩子怎么一点都不体谅父母。”

米诺说：“你把电话给我爸爸，我有事找他！”

米诺心里想：傻B娘们儿，女儿买车舍不得，留下来让爸爸都给野女人花吧！

父亲的喘息声从电话的那头传了过来，米诺还没等爸爸开口就用嘲讽的口气说：“米局长，你从海南的蓝宝石回来了？玩得开心不开心，我前天打扰你了吧，真是对不起呀！”

米局长那头早已是脸色发白，舌头发短了：“你，你这孩子！”

这是米诺第一次没叫米局长爸爸，米诺觉得，爸爸已经不是以前的那个爸爸了，根本不配她那么尊敬。

前些日子，因为乔志开玩笑说，米诺的爸爸是贪官，米诺很恼火。在她的眼里，爸爸很伟大，什么事都能办成，她从没把贪官这两个字和爸爸联系在一起。米诺也问过妈妈，爸爸为什么能力这么大，妈妈说你爸爸的朋友多，朋友多办事当然容易了。俗话说得好，多一个朋友多一条路，多一个仇人多一堵墙。以后你也要注意结交朋友，像你们班级这些学生，你别看他们现在不起眼，将来说不定个个都能成就大业，在各行各业中当骨干。你要团结每

一个同学，将来走到社会上，你就明白了，在如今这个社会里没有人办不成事，没有钱也办不成事。

米诺深深地记住了妈妈的话。

米诺虽然记住了妈妈的话，但并没交上几个真心对她好的朋友。当然了，自从她当上宿舍长以后，她在宿舍里的人气有所上升，因为她的能干，朵莱和夏桔对她的友好程度又进了一步，但离米诺的个人要求还差一点。

“你别害怕，我没告诉妈妈，你刚才已经听见我给妈妈打电话了，我想要一台车，条件不高，普通的奥迪就可以，你给我买不买？不买我不但要告诉妈妈，还要告诉爷爷奶奶姥姥姥爷舅舅姑姑，告诉和我认识的所有人。”

米诺恶毒地对着话筒说。

米局长气得绿了半张脸：“你……你敢这么对你老子说话？”

米诺说：“我以前不敢，现在敢了，是你教我这样做的。我给你一个星期的考虑时间，下个周末以前同意就打电话告诉我。”

米诺放下电话，心里扑通扑通地跳起来。其实她也只敢对着电话筒这样的横，要是在爸爸面前，打死她也不敢。你以为爸爸是省油的灯吗？

那以后的几天里，米诺一直心惊胆战地等着爸爸的电话，她知道，等待着她的只有两个结局：一是被爸爸狠揍一顿；二是爸爸妥协，答应她提出的条件。

对于第二个，她只有百分之二十的把握！

令米诺惊讶的是，爸爸当天晚上就打来了电话，他对米诺说，等你考上大学，爸爸一定给你买一台最好的劳斯莱斯，但是现在

不行，现在你还小，你又在住校，买车也没用处。爸爸给你买一台进口的125踏板摩托车，你假期可以骑着到处去兜风。另外，给你一个三室楼房钥匙，是装修好的，里边的设施也很全。这是爸爸早就想给你的，但因为你还小，一直没告诉你，周末你回来拿钥匙吧。以后你可以请同学们到你的房子里去开什么生日会一类的聚会，这比有一台车不是更好吗？

米诺高兴得当时就跳了起来！拿到钥匙以后，她在新房子里大宴新老朋友，大出了一回风头。

（七） 魂不守舍

1.

又一个春天到来了，校园里的白玉兰花又盛开了。

一棵一棵的白玉兰树像撑开的巨伞，嫩绿的树叶衬托着洁白的花儿，在活泼的校园里显得那么端庄而美丽。

夏桔和朵莱几乎每天都坐在那棵最大的玉兰树下欣赏花朵，读书，聊天，说知心话。两个女孩子把白色的花瓣做成书签，很珍重地夹在书里。

夏桔说，这些花瓣就是咱们青春的记忆，每一片花瓣都是一页书，里边记满了咱们十几岁的历史。

朵莱对夏桔说，自己的一个老乡的孩子得了白血病，在自己父母的资助下，住进了城里最好的医院。朵莱和夏桔在玉兰树下约好，星期天她们一起去医院看这个小病人。

星期天，夏桔看见那个得了白血病的女孩光着脑袋弱弱地倚坐在小床上，心里立刻难受起来："你叫塔娜？"女孩点点头睁着大大的眼睛茫然地看着她。

塔娜是草原上的一个蒙古族小姑娘，她小学三年级的时候在

煤矿打工的父亲就遭遇了矿难，撇下了孤苦无助的母女二人，因为思念父亲，她的母亲身体也非常衰弱，她一脸愁苦地守在自己女儿的病床前，看见朵莱立刻就悲戚地抽泣起来，这个母亲絮絮叨叨地说自己真不想活了，真想和在痛苦中的女儿一起自杀算了。

朵莱安慰她说："阿布格额格其（姑姑）你千万别这样想，塔娜能治好的。"

塔娜妈妈说："要是治好了还不知道要花你家多少钱呢，都已经花了你们家十万了，这十万我都不知道将来怎么还你们家啊，你父母的大恩大德我这一辈子都报不过来，要不是你父母，我和塔娜真是死路一条了。"

"阿布格额格其，我阿爸不是告诉过你吗，那钱不用还了，我们家不要了，你就安心地住在这里陪塔娜，钱的事情不用你操心。您要是累了，我妈妈就来换你陪塔娜。"

夏桔站在旁边，听着朵莱和塔娜妈妈的对话，才知道塔娜住院是朵莱的父母资助的，心中对朵莱的家庭升起了敬意。

走出病房的时候，朵莱对夏桔说："塔娜的妈妈情绪不太好，似乎有心要放弃给塔娜的治疗，我得赶紧告诉我爸爸，可不能让塔娜妈妈把塔娜带走，要是那样就前功尽弃了。"

夏桔说："嗯，我也听出来了，塔娜妈妈因为治疗花的全是你家的钱，好像已经于心不忍了，这样下去，她害怕人财两空，欠你家太多情。朵莱，我想号召班上的同学们给塔娜捐点款，那样，你家的负担就轻点，塔娜的妈妈也不会有那样的情绪了。"

"啊，这个主意不错，可是怎么和同学们说呢？"朵莱犯愁

地说。

“好办，学校不是有广播台吗，我写篇稿子送去，让他们给播一播不就解决了。”

“哎哟，这个主意可真好，那就拜托你了。”朵莱兴奋地拉着夏桔的手说。

2.

星期一的早上，夏桔将自己写的稿子《请伸出你友爱的手》送到了校广播室，负责播音工作的赵老师立即决定播发此篇稿子，而且她让夏桔亲自播讲。

夏桔可从来没播过音，害怕得心里“扑通扑通”地跳：“我不敢……”

赵老师说：“别害怕，我听你说话的音质很好，来试一试，大胆一点！”

赵老师给夏桔带上耳机，让她端坐在麦克风前：“读吧，放松一点，就像你平时说话一样。”赵老师亲切地说。

夏桔读起来，越读越流畅，后来就完全沉浸在文字之中，忘记了紧张害怕。电波将夏桔甜美的声音传送到立才学校的各个班级，飘荡在立才学校宽阔的操场上空。

此时正值课间，正在玩耍的同学静下来了；正在操场上玩球、踢毽子的同学停下来了；连那些往厕所跑的同学都立刻止住脚步侧耳倾听起来。

啊，在她们的身边还有这样贫穷可怜的孩子吗？塔娜，塔娜，好可怜的蒙古族小妹妹呀！

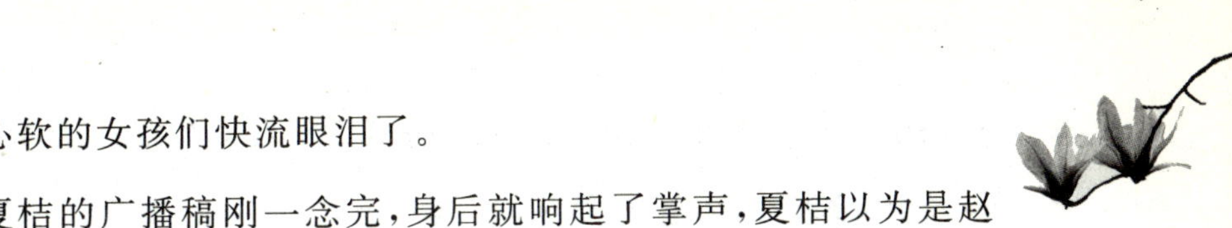

心软的女孩们快流眼泪了。

夏桔的广播稿刚一念完，身后就响起了掌声，夏桔以为是赵老师在为自己鼓掌，回头一看却见为她喝彩的是一个高个子的帅气男生，夏桔的脸马上红了。

“你的音质真好，如果你有兴趣，可以做我们的播音主持。”男生笑呵呵地说。

夏桔瞅瞅站在一边冲她微笑的赵老师刚要说话，那男生又开口了：“赵老师，原订下个周的招聘播音员计划我看就取消了吧，我们面前不是来了一个非常出色的现成播音员吗！”

这男生是谁？这么武断，还没等人家同意就下了命令，而且这命令的对象一下子就是两个人，况且这两个人之中还有一个是老师！

赵老师说：“我也是这样想的，我一见到她，第一感觉就认为不错，一看就知道素质很高。”

赵老师这几句夸奖的话，把夏桔说得飘飘然，心里美滋滋的，但她嘴上却谦虚地说：“我没干过，怕干不好！”

男孩很高兴：“这么说你同意了？”

夏桔说：“你连招聘计划都取消了，我只好答应了！”

男孩笑了：“你准备一下，下午第一节课后有个校园新闻栏目，你来做一下。第一次就用我写的稿子，下一回可要你自己采写了。好，我还有课，我走了，下午见！”

男孩向她摇摇手，转身走出了播音室。

夏桔想问赵老师这个男生是谁，在哪一个年级，但她不好意思。她心里想，这男孩可真帅，是自己心里早就描画的那种帅，细

长而坚定的黑眼睛，宽宽的额头，高挺的鼻子，严肃的表情……这样想着，夏桔的脸先红了！

下午夏桔去第一次试播，赵老师将稿子递给她，让她清读一遍，听一听效果还可以，便给她戴上了耳机。

因为有了上一次的经验，夏桔这一次做起来比较轻松，她想，原来做主持这么容易呀！

夏桔试播后下楼梯时又见到了那个男生，他正急匆匆地往楼上跑，看见夏桔马上站住说："整体效果不错，但'们'字地方音太重，有的地方不该读儿化音你读了儿化音，以后要注意。"

原来他站在操场上把夏桔的广播从头听到尾。说完他又匆匆转身下楼去了。夏桔想：他上楼来就为了告诉我这句话吗？

夏桔做广播员的事没跟班上任何人说，但她刚一推开班级门，大家就"轰"的一声闹开了："哇，咱们的主持人回来啦！"

"这回咱班可掌握了学校的大喉舌了，夏桔，明天在广播上好好宣扬宣扬咱们班级，让咱们也出出名。"

乔志说："夏桔，你和张峥做搭档，可别把咱班的男生都忘光了。"

夏桔也听说过张峥，他是立才学校校报的主编，但夏桔从没见过他，据说是个才气逼人的帅哥。因为编报纸的都是高三的学生，高一的学生几乎与他们没来往，而夏桔又是个内向的人，她从不会主动跟一个男生打招呼。

夏桔说："谁是张峥，我可没见过，他也不在广播台。"

同学们大笑起来，大家都说："夏桔怎么这样的孤陋寡闻，连张峥都不知道？"

第二天夏桔去广播台遇见了那个男孩，他正在低头改一个稿子，看见夏桔进来头也不抬便说："我有一个计划想跟你谈谈。"

夏桔以为他在和别人说话，但左右看看广播室里并没什么人，便接着说："什么计划？"

"我觉得你写的那个塔娜很可怜，我们是不是专门为她召开一次募捐大会？"

"有的同学听了广播以后已经把钱交到我这儿了，希望我转给塔娜。"夏桔说。

男孩这时才抬起头来，看着夏桔说："我觉得通过召开募捐大会可能更好一点，一是有教育意义，二是钱会更多一些，星星点点的小钱对塔娜来说没什么意义。"

夏桔点点头说："好是好，但需经过学校同意。"

男孩笑笑说："这没问题，咱们张罗好了，跟学校打个招呼，让校领导出席就行。"

夏桔惊奇地说："咱们张罗？那么大的事咱们张罗？"

夏桔想，这个男孩口气可真大，全校的募捐大会，光学生就一千多人，就凭几个学生能组织起来吗？

"下午我们就开始做准备，后天咱们就开，开会时你只负责从医院请来塔娜的家长就行，剩下的事我来操办。哦，对，你下午到四楼会议室找我一次，帮我看一块版。"

男孩说完又低头忙起来，夏桔想，这个人真是好奇怪，我好像成了他的下属，难道他是广播台的什么领导人？

下午夏桔去四楼会议室，见地上铺了一些写得好大好红的大字标语，一些大大小小的广告色瓶子放在一张桌子上，几个高三

的男生女生们正一边说笑一边忙活，有的用大头针往一张长条幅的红布上别字，有的在画黑板。

那个男孩正在一个笔记本电脑上看什么。夏桔走过去老老实实地站在了男孩的面前，男孩抬头看了她一眼，指着旁边的一张样报里的一篇文章说："你给我校对一遍这篇文章，我实在太忙。"

夏桔坐下来开始看样报，这是立才学校的校报报样。男孩让夏桔检查的是其中的一篇文章，检查有没有错别字。但夏桔无法集中注意力，因为旁边那些高中生们都把目光集中在了她的身上。有一个调皮的男生冲夏桔眨眨眼说："喂，张主编，给介绍一下呀！"

那个男孩停下手里的活儿，笑着说："我都忘了，现在我来介绍一下，站在我身边的同学是高一（三）班的夏桔，也是小荷叶广播台的主持人。"

他又将头转向夏桔："夏桔，他们都是文学社社员，还有咱们校报的通讯员，名字我就不一一介绍了，以后你们有的是机会了解。好了，现在请收起你们的好奇心快点干活儿，争取在晚自习前干完。"

那么他就是张峥了！夏桔想。

张峥的办事效率很高，劈里啪啦地一会儿就在电脑上将一个四开四版的版式设计好了。然后将文字灌满，按着夏桔检查出来的错字修改。夏桔看电脑，不由得发出一声赞叹："这版式设计得可真活。"

张峥说："你也懂？"

夏桔说："我妈妈在报社做编辑，我在家里经常帮她一点小忙。"

张峥的眼睛立刻一亮："啊呀，真是踏破铁鞋无觅处，得来全不费工夫，我找了好几年的版式编辑都找不到，没想到老天爷今天给我送来一个。夏桔，下一期的《立才之声》由你来设计版式！"

"这，我行吗？"夏桔胆怯了，她知道做一个版式设计编辑并不像想象的那么容易，要懂许多东西，图放在那里，字用什么体，她只懂这么一点皮毛的东西，怎么可以拿起来就设计呢？

张峥好像明白了她的心理，安慰她说："你只要懂一点儿，就好入门，大胆地干，我来教你。"

说完，张峥就关上电脑又去用大头针往红布上别大字标语了。张峥一上手，一人顶两人，他干活的动作极快，大字很快就别好了。大家将标语拉开，夏桔一看这标语的标题是自己所写的文章题目："请伸出你友爱的手。"副标题是：为塔娜捐款大会。

夏桔的心一阵温暖。

募捐大会开得非常成功，共收到人民币十万四千元整，这笔钱全部交到了塔娜的母亲手里，塔娜的母亲制作了一面锦旗挂在了校长室。

张峥始终在台前台后蹦来蹦去地忙乎着，安排会议程序，找校领导讲话，记各班捐款的钱数。

塔娜的家长并不知道这一切都是由一群学生组织的，她只拉着校长的手说一些感激的话。张峥成了一位无名英雄。

但张峥似乎并不在乎，也不抱怨。募捐大会过后，学生和老师们一哄而散，他又组织人清理会场，将桌椅板凳等放回楼内，将

那些大字再从红布上扯下来。

文学社的人于是很不满："怎么这都成了咱们该干的事了，校方光捡荣誉不出力。"

"是呀，我看咱们的张头净给人当冤大头。"

"唉，张峥，我看你是咱校的总理大臣，日理万机，鞠躬尽瘁，你是不是将来也想当政治家？"

"做政治家的不能像你这么光当无名英雄，你活儿没少干，露脸的时候净往后站，这样的人做政治家也做不上正头，只能当副手，受累的命。"

张峥听了这些议论并不多说什么，他好像已经习惯了，只是一个劲地催大家："别磨蹭了，快干活儿吧，全是废话。"

夏桔瞅着张峥忙来忙去的身影，不知为什么一种又敬佩又心疼的感觉涌了上来，她有点替张峥感到委屈，忙乎了好几天，在大会上一句露脸的话都没说，不知底细的人谁也不会知道这规模庞大的募捐会竟是由一个学生发动组织的，这话说出去好像也不会有太多的人相信。

夏桔想，早晚她会将这件事对塔娜的妈妈念叨念叨，否则张峥就太亏了。

但夏桔马上又否定了这种念头，她觉得与张峥相比自己未免太小气了，募捐大会的目的只有一个，就是为了挽救一个小生命，而不是谁想在上边捞点什么政治资本。

张峥真是个很优秀的人，各方面都好，是什么样的父母培养出这么优秀的男孩？夏桔对张峥的仰慕一天天地在增强。

3.

这以后，夏桔和张峥的接触机会就多了起来，夏桔成了张峥最得力的助手，采写广播稿，安排节目程序、组稿、编报、布置校园里的文化橱窗，几乎所有的课间和业余时间都被占用了，夏桔感到很累。

有一天，因为老师上课拖堂几分钟，等夏桔气喘吁吁地拿着新闻稿件跑到广播台时，上课的铃声就响了，张峥瞪着眼睛很生气地站在门口正等她。

“告诉过你，一定要保证按时到位。”

“老师拖堂了，讲的是新知识。”夏桔委屈地说。

“这是什么理由，难道因为你一个人听课，就可以耽误全校学生听早间新闻吗？你知道新闻就贵在一个新字上吗？你拖到明天去播，还叫新闻吗？”

张峥连珠炮似的毫不客气地大声训斥她，就像训斥自己的学生一样。

夏桔立时委屈地落下泪来，想想自己自从给他当上助手以来，几乎牺牲了所有的业余时间，每天忙来忙去地做奉献者，可现在却费力不讨好，挨训挨骂，她觉得张峥真是个只知道工作、没有爱心和同情心的机器人。

夏桔的心就像被浇了一盆冷水，冰凉冰凉的，她什么也没说，将稿子递给张峥，转身走了。

这么一走，就是两天，她两天没到广播室去，两天没写稿子。张峥托同学去找她，她不见，张峥往宿舍打电话她也不接。

有一天晚自习后，夏桔一走出班级，就见张峥正在前边几步

远的地方盯着她，脸上很沉静，看不出有什么表情。

夏桔刚要拐弯走，张峥上前一步追上她，两个人就这样默默地走着。

走了一会儿，还是张峥沉不住气先开了口："你怎么这么任性！"

夏桔不吭气。

"你这样任性，会影响自己以后的发展。"

夏桔想说我发展不发展跟你没关系，但天生柔弱的她，话到嘴边没好意思往外吐。

"明天下了第一节课，去做广播，我等你。"走到女生宿舍楼下，张峥站下对夏桔说。

夏桔抬头看看他，张峥的眼里流露出来的关切和信任使她无法说出什么拒绝的话，她低下头快速地离开了他。

回到宿舍，夏桔觉得屋里很闷，便推开窗子，见张峥还呆呆地站在刚才的地方。夏桔立刻闪到一边，闭上眼睛，她的心跳加速起来，对张峥的仰慕和好感立刻紧紧地抓住了她，使她窒息般地紧张和兴奋，她不明白这是一种什么感觉，这种感觉使她发呆，使她常常处于冥想的状态。

第二天，夏桔很听话地走进了广播室，她银铃般的声音又飘荡在了校园的上空，张峥坐在她的身边一直陪着她做完广播。夏桔做完广播站起来刚要走，张峥在身后喊了一声："夏桔。"

"干什么？"夏桔问。

张峥沉默了一会儿开口说："夏桔，我明年考学就得走了，我一直在为校报及广播室寻找接班学生的人选。"

夏桔想，神经，你走就走吧，学校这么大，人有的是，还犯得着你劳神。但夏桔只是想，她没说。

张峥又接着说："学校虽然大，但能写能说又能干，这样综合素质高的人实在太少，我观察了你很久，觉得你很适合。你音质好，又能写，还懂编辑，你几乎具备了播音员和编辑所需要的各种条件，你不要认为这是一种完全的付出，在这种付出中，我们增长了才干，锻炼了能力，这是用多少钱都买不来的。我不知道你是怎么想的，但我希望你能干下去，不要任性，好吗？"

张峥的这一番话，说得夏桔的心里一阵一阵地涌上暖流，这种温柔的信任和亲切的呵护是她从未在任何男孩子那里得到过的。

那以后一连好几天，夏桔吃不好，也睡不好，张峥的影子总是不时地闪现在她的脑海里。每次去做广播只要张峥在那，她的心就欢快无比，但她表面上却冷若冰霜，几乎不和他说什么话。这种冷漠并不是她有意做出来的，她的自尊太脆弱了，她害怕自己说出来的话、做出来的动作会让张峥瞧不起，其实她每天都憋了一肚子的话想跟他倾诉。

两个人在一起校稿、改稿、设计版式、研究栏目时大多是就事论事，说完正经事便开始沉默。虽然是沉默的时候多，但夏桔也愿意和他呆在一起，倘若哪天在广播室里见不到他，夏桔就失落地心里发痛。她开始盼望做广播，就像盼望过节一样，做事也开始神不守舍、丢三落四。

米诺常常盯着夏桔瞅，遇到米诺这种眼光时，夏桔就赶紧把眼光闪开。

张峥除了那次夏桔两天没去做广播才将电话打到宿舍一次外，从没到宿舍找过夏桔，而且夏桔这个人嘴巴相当严，从不在宿舍谈广播台和文学社的事，让谁也无法捕捉她的思想及行踪。

米诺对程青青说："夏桔肯定有事了！"

程青青瞪着眼傻呵呵地问："出什么事了？"

"笨死了，你没看见她经常若有所思的样子吗？"

4.

校园文化长廊在校门口左侧，在红顶白柱子的走廊两侧竖着些很漂亮的黑板，每周都由学校里的才子精英们往上涂些诗书画，还有什么政策法令、大事动态、评比竞赛等内容。

文化长廊前人很多，张峥和夏桔正在那一起写黑板，米诺从长廊路过，看见张峥和夏桔亲亲热热地站在一起，立时生出些嫉妒。米诺的父母和张峥的父母都认识，他们又是小学同学。米诺一直想接近张峥，但张峥对她始终保持着距离，从不主动搭话。

米诺说："张峥，你过来，我问你点事。"

张峥走过来问："什么事呀？"

米诺冲张峥眨眨眼说："张哥，你是不是喜欢上了我们班的夏桔？"

张峥扑哧一声乐了，他偷瞟了一眼夏桔，脸立刻绯红起来："去！尽瞎说。"

"看，看，我分明说到你心里去了，要不，你脸怎么红了。"

张峥怕夏桔听见米诺的话，急忙用手势阻止米诺："你找我有什么事，快说。"

“谁找你有事呀，我找夏桔！”

张峥转身向回走，心里嘀咕着：“神经病。”

米诺看见张峥冷漠的样子非常生气：“有什么可得意的，有你们哭的时候。”

立才有一条让学生深恶痛绝但很受家长欢迎的校规：学生在校期间不准谈恋爱！

为了试验出夏桔和张峥的关系，晚上米诺出了个馊主意，在有月亮的晚上一人约一个男生出去散步，气气学校这些个古董老师。这个主意赢得了宿舍人员的一致赞同，朵莱的眼睛也放出光来，她兴奋地说：“好，这个主意好，看校长还定不定那些该死的规矩。我们集体犯罪，看他们罚谁！哈哈。”

“夏桔，你跟张峥出去吧。”米诺忽然说。夏桔愣了一下，立刻警觉地说：“不，你跟张峥出去，你们不是原来就认识吗！”“不行，还是你去好，你们在广播台一起工作！”朵莱捅了夏桔一把，暗示夏桔接受米诺的建议，因为朵莱不愿意米诺和张峥出去，她觉得这样安排不好，米诺不配和张峥出去，还是夏桔去合适，说实在的张峥那样的有才帅哥跟夏桔出去是最合适的。

“我和乔志一起出去，米诺你就去找张峥吧，程青青去找马科，我吗，暂时保密。”夏桔坏坏地说。

“这不公平！你为什么保密？”程青青嚷道。

米诺摆摆手说：“不行，不行，简直毫无道理。”其实米诺今天晚上的主要用意是想让张峥和夏桔出去，然后她就可以试出夏桔和张峥的关系是深是浅了。

“我不想和张峥出去，我想和英语老师出去！”

“哇！你好大的色胆呀！要找英语老师去散步?”米诺听夏桔这么一说，又高兴又惊讶，高兴的是看来夏桔的心里并没有张峥，否则自己说什么也竞争不过这个漂亮的才女；惊讶的是夏桔竟然惦念上英语老师了，虽然许多女孩子都在心里喜欢英语老师，但只是偷偷的，没一个敢表现出来，夏桔竟然敢于在大家面前表白!

“是呀，她给我们乱摊派，自己却找个帅哥，三天不见，刮目相看呀！夏桔，你怎么变得如此快呀!”朵莱也大叫道。

“我就是看看能不能说动他，只要能答应我，就是我的胜利!让那些古董老师们都看看，你们老师还和学生一起散步呢!”

“原来如此!”大家对夏桔的这个想法都很赞成。

米诺心里想，原来她是这个意思，看来我刚才是高兴得太早了。这样也好，张峥知道夏桔和英语老师出去一定很生气!

最后大家一致定下来，夏桔和英语老师；米诺和张峥；朵莱和乔志；程青青和马科。另外还制定了游戏规则:晚上必须把发展情况如实公布，怎么请出来的，中间都说了什么，男孩子们都有什么表情和动作……谁瞒一句谁就是小狗。

四个女孩被这个充满激情和神秘的计划折腾得半宿没睡，恨不能立刻就去行动。

5.

第二天，正是个月圆的日子，吃完了饭四个女生就神秘兮兮地离开了宿舍。

夏桔一点都没犹豫，大大方方地向男教工宿舍走去 ，别人问她干什么，她说自己有个题不会，需要去老师宿舍讨论一下。

事情顺利得大大出乎夏桔的预料，她以为约老师出去是很难很难的事情，没想到她把这个要求向老师一说，老师爽快地答应了，甚至连犹豫都没犹豫一下。

夏桔竟隐隐地有些失望！

左老师笑眯眯地和夏桔向校外走去，他身上穿一件红色的T恤衫，下着白色的休闲裤，双手插兜，路上遇到学生就大大方方地招呼一声，样子非常潇洒，看起来比夏桔活得还阳光灿烂。夏桔轻轻地叹了一口气。

“嘿，小小的孩子叹什么气？”

左老师转过头来看她。

“您听见了吗？”

夏桔惊奇地望了望左老师，她觉得那一声叹息是叹在心里的，左老师怎么听得到。

左老师没有正面回答夏桔的问题，只是停下来盯着夏桔的眼睛说：“多美好的年龄呀，不该有这么沉重的叹息声！”

夏桔忽然觉得左老师好没深度，难道只有成年人才可以拥有苦难之后的叹息声吗？看来左老师虽然年龄比她大一些，但经历的并不多，是那种从校门到校门，生活顺利家庭幸福的生活宠儿，他怎么能理解夏桔的心境呢？

“左老师你为什么答应跟我出来？”

“你是不是想听真话？”

“当然啦！”

“那我就告诉你，其实，今天晚上我有个很重要的事情要做，因为它涉及到我的晋升问题，可是我还是将它扔在一边了。”

左老师说到这里忽然停了下来，原来张峥拿着课本站在旁边正一脸狐疑地看他们呢。

“左老师，您好！”张峥和左老师打招呼。

左老师点点头说：“我和夏桔出去走走。”

张峥愣愣地瞅瞅夏桔。

夏桔拉左老师的手说：“左老师，咱们快走吧！”

张峥转身怏怏地离去。

“左老师，请把你的手机借我用一下。”左老师莫名奇妙地拿出手机，夏桔拿着手机神神秘秘地跑到一边嘀咕起来：“米诺，他在校外，正向大门里走，快一点。”

打完电话，夏桔和左老师来到了学校的后山坡上。

左老师坐在山坡的绿草地上，示意夏桔也坐下来。夏桔摇摇头，她的眼睛在月光下像两盏闪闪烁烁的小灯，来回忽闪着：“左老师，接着往下说好吗？您刚才好像还没说完。”

“如果我不扔下论文跟你出来走，岂不是要伤害你吗？你是一个安静腼腆的女孩子，你这么勇敢地走到教工宿舍找我出来，我料定你肯定有很重要的事情要跟我谈，所以即便是我有天大的事情，我也会毫不迟疑地和你出来！”

夏桔不好意思地笑了：“老师，真对不起，我其实没什么事情……她们……”

夏桔差一点将她们的计划说出来，但她又把话咽了回去，她怕左老师知道她们的恶作剧后会有一种被嘲弄的感觉……

此时的米诺正在校门口和张峥说话，张峥好像很不开心，米诺也不会看火候，就将要求提了出来，说自己想和张峥去后山上

看月亮和散步。她的话刚说完就立刻遭到了张峥断然的拒绝："对不起，我今天有事儿，请你去找别人吧！"说完扬长而去，将米诺一个人扔在了校门口。米诺臊得脸上直冒火，恨不能一头扎进水缸里躲一会儿。

"讨厌，有什么了不起，不去就不去，摆什么傲气。不是我选中的你，是夏桔乱摊派的，小子，别以为我会有心情和你出去遛弯儿，我是在执行任务，告诉你，别再做癞蛤蟆想吃天鹅的美梦了，人家夏桔喜欢的不是你。"米诺追上张峥大声地嚷嚷。

张峥气愤愤地说："神经病！"

米诺也气愤愤地回应："剃头挑子！"

米诺垂头丧气地向宿舍走去，忽见朵莱和乔志兴高采烈地迎面而来，乔志乐得嘴叉子都咧到边上去了，米诺很恶心乔志浅薄的样子，撇了撇嘴。

米诺恨恨地想：看来她们几个都是一帆风顺，看来张峥一定喜欢夏桔，所以才拒绝我！

米诺坐在宿舍里生气，一直到夏桔他们几个噼里啪啦地走进宿舍，她也没有睡着。

"夏桔，我恨你。"

米诺忽然大声喊着从床上坐起来，月光下的米诺披着一头长发，惨白的脸，吓得三个女生同时"啊"的一声大叫。

"米诺，你吓死我们啦！"程青青发出尖叫声。

夏桔拧开电灯"嘘"了一声："神经病，你们想把巡夜的纳粹王引来吗？"

纳粹王是立才学校的政教主任，他惩罚学生非常狠：蹲半小

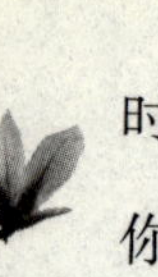

时马步；一只脚站上一堂课；做五十个俯卧撑……他笑眯眯地让你做，不知内情的人也看不出你是在锻炼，还是在受惩罚，而且这种惩罚并不分男女生，学生们只要被他捉住都叫苦连天。

米诺说："把纳粹王引来才好呢，抓住你们三个小妖女。"

朵莱说："听口气肯定是被人抛弃啦！"

程青青说："不能说是抛弃，还没开始就见结尾了，肯定是被拒绝了。这个无情无义的张峥，米诺别生气，明天我去找他算账。"

米诺说，你们都少废话。夏桔，快点坦白交代你和左老师之间的事情，不许隐瞒一句话。我认为，今天晚上最有可能发生点事情的就是你和左老师了。

夏桔淡淡地说："此次散步没故事！"

米诺说："好呀，你们去浪漫，把我一个人扔在家里，回来后竟连耳朵也不让我浪漫一下，你们也太狠了吧！"

夏桔说："其实我今天最想听的是你的故事，没想到你这副德行。也好，你跟大家说说张峥是如何拒绝你的吧！"

嘿嘿，夏桔太想知道张峥拒绝米诺的细节了。

"夏桔，你想把人家的伤口再撒上一把盐吗？"程青青抱着米诺的脑袋说。

朵莱说："米诺，你可别再作秀了，有什么伤痛的，我知道，其实你一点都不在乎张峥，只是自尊有点轻微的刮伤而已，我们明天想办法让他的自尊也受点伤害，报今天的一箭之仇！"

米诺说你有什么方法替我报仇？朵莱趴在米诺的耳边悄悄地嘀咕了几句，米诺立刻颠着屁股乐起来。

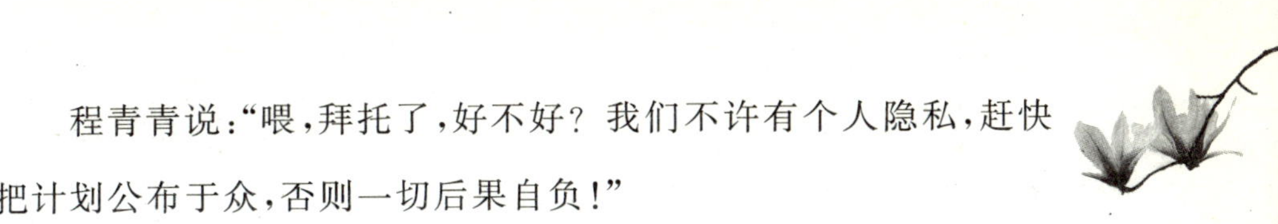

程青青说："喂，拜托了，好不好？我们不许有个人隐私，赶快把计划公布于众，否则一切后果自负！"

米诺摆着脑袋气人："就不说，就不说。气死你，气死你！你不是会算卦吗，你算一算呀！"

朵莱也拍着胸脯承诺："本人愿为此事承担一切责任！暂时保密，天机不可泄露。"

程青青推开米诺，她摇着脑袋说："没良心的东西，我刚才白对你施爱心了，你知道这个世界爱心多少钱一斤吗？告诉你，无价，无价！"

早自习，米诺对乔志说："你替我'瘪'个人，我给你二百元。"乔志感兴趣地说："说，谁是你的仇人，这小子想找死呀！"

米诺说："就是那个不知道天高地厚的张峥。"

乔志一听是张峥，立刻眼睛一瞪说："你知道他是谁吗？"

米诺说："我怎么不知道？"

乔志大惊小怪地说："他是我的偶像。"

米诺立刻气得眼睛冒火，有一种被欺骗的感觉。她的拳头向乔志的身上猛烈地砸去！

晚上八点，夏桔忽然接到张峥从校外打来的电话，张峥气愤愤的，质问夏桔为什么让他在郊外等着，自己却在宿舍里没事一般。

夏桔说："我什么时候让你在郊外等我啦？"

张峥说："怎么回事？你糊涂了吗？你下午不是才找人给我送的纸条，说晚上让我到钟楼下等你，我们一起去看那个塔娜吗？你怎么忘了！"

夏桔忽然想起米诺和朵莱要治一治张峥的事，赶忙赔礼道歉："哎呀，我给忘了，真对不起，你等着，我这就去。"

米诺说："你干什么去？"

夏桔说："我给你们擦屁股去，以后别干这样的事，太过分了！"

夏桔说完就跑了出去，米诺瞅了瞅朵莱："得，惩罚变成了奖励。"

程青青说："我就说嘛，坏分子是挡不住历史发展潮流的。"

米诺是真生气啊，自己从小就喜欢张峥，但张峥见着自己连眼皮都不抬，这丫头和张峥才见着几天啊，这傲慢的小子竟然甘心情愿地到黑乎乎的校外树林里等她，等不到还把电话打到宿舍里，真够色胆的，明摆着关系已经不一般了。

嫉妒在咬着米诺的心。

（八） 诬陷初恋吗

1.

周末，宿舍里的电话铃声又响起来了，夏桔以为是爸爸打来催她回家的电话，懒得去接，示意米诺接。夏桔已经两周没有回家了，她不愿意回去。

米诺懒洋洋地将电话抓起来问："谁呀？"

电话那头说："请找夏桔。"

米诺冲夏桔眨眨眼说："请你先回答我的问题，你是谁？"

电话那头半天不吭气！米诺捂住听筒对夏桔说："找你的，问他是谁他又不吭气。"夏桔说要是我爸爸，你就说我走了。米诺说听声音不像是你爸爸，像是张峥的声音。

夏桔一听说是张峥的电话，一个高蹦起来，冲上前去就将话筒夺了过来。电话那头传来了"嘟、嘟、嘟"的声音，那边挂断了。

夏桔失望地把电话放下，心里说不出的失落滋味。她已经一个多星期没见到张峥了，他去外地参加全国中学生奥数大赛，走后一直没跟夏桔联系。

夏桔怔怔地坐在那里发呆，她真后悔自己没接这个电话，她

多想知道张峥现在正在干什么，真想听听张峥的声音，她不知道自己怎么啦，这种感觉一天比一天强烈，一天比一天更多地占据着她的心。她在书店买了一本英语小说，为了提高自己的英语水平，她每天都试着读一些英语小说。本想这个周末一个人在宿舍里将这本书啃完，但一翻开书，书里的每一页、每一个字都晃动着张峥的影子，使她无法读下去。她只好合上书本，一个人漫无边际地在校园里溜达。

周末的立才校园分外安静，只有梧桐树的叶子在那一个劲地"哗啦哗啦"吵吵。夏桔拿着袖珍录音机在树林里，像是在听英语，但她根本没听，她盯着前边的那片透过树枝投进来的阳光，恍惚看见张峥就站在她的面前，雄心勃勃，春风得意，脸上是坚定和自信，他身上所荡漾出来的东西正是夏桔寻找的或者说是她身上所没有的。

在多少个早晨，夏桔打开宿舍的窗子，看见张峥穿着一身淡蓝的运动衫弯腰 、屈膝、伸展手臂，他从容不迫地做着每一个动作。他的每一个动作都好像经过了修饰，都是那么富于美感。看他晨练是夏桔这一天中所做的第一件重要大事。此时正是黎明，离同学们起床的时间还有一段距离，这时候朵莱到走廊里背课文或者是背单词去了，米诺和程青青还正在睡梦中。所以这个宿舍只有夏桔知道张峥黎明前在干什么，她自然是愿意一个人就这么细致地阅读着张峥这个人。

夏桔天天看张峥晨练，张峥并不知道，夏桔总是用白色的窗纱将自己掩盖得不露痕迹。待起床的号一响，张峥便停止了晨练，淡蓝色的影子快速地向男生宿舍楼里飞奔。

这时候的夏桔便回过头来游移不定地套上衣服，端上脸盆去浴室里刷牙洗脸，然后便和一群唧唧喳喳的女生们涌到操场上等待着和班级的学生们集体跑步或做操，她和同学们做着相同的动作、相同的努力、朝着相同的方向，一点也感觉不到这枯燥的运动中有什么美感。

看不见张峥，使她对一切失去了兴趣，只有看见张峥她才觉得做什么都有了力量。

她上课开始溜号，尽管她努力地克制自己，但也时不时地发呆。

有一天上课，夏桔魂不守舍的，王老师冷不丁地将她叫起来，让她回答一个问题，夏桔根本不知道答案，她不知所措地低头站在那里，不敢抬头看王老师那锥子一样的目光。

下课后，米诺上厕所遇到了王老师，王老师问米诺最近宿舍里有没有什么新鲜事。米诺想，就是有事我也不会告诉你，想得美，想从我这套出话来，没门儿！米诺对王老师一贯没有好感，她讨厌王老师动辄就在班里做思想工作："我们念书那时侯，一张纸要使四遍，钢笔写一遍铅笔写一遍，正面写两次，背面写两次，看看你们现在，哎呀，简直无法说你们，我说你们什么好呢！"

"你看看你们，一个个像什么东西，学习不怎么样，穿的却花枝招展的，一天天讲吃讲喝，尤其是个别人，小小的年龄还做什么美容，怎么啦？长麻子啦？做漂亮了想干什么？我看是有钱没地方花了，现在有多少穷孩子还没钱读书，为什么不把多余的钱都捐给希望工程呀！"王老师说到这儿，总是狠狠地瞅米诺几眼。因为米诺就经常去做美容，而且一去就好几个小时，推背按摩做膜

足疗全套服务，每次都不能按时返校。

可就在王老师说这话不久，米诺就在一家美容院看见了脸上涂着面膜的王老师：伪君子，怎么不把你做美容的钱捐给希望工程呢！

“米诺，你在想什么？你听见我在问你话吗？”王老师居高临下地板着脸说。米诺马上回过神来，脸上做着假笑说：“我听见了，我正在认真回忆这几天宿舍里的各种不正常情况？”

王老师一听，马上就把耳朵支起来：“怎么，有不正常的情况？”

米诺坏坏地做出一种神秘的样子，把脑袋伸到王老师的面前夸张地说：“有呀，还不少呢！”

王老师立刻严肃起来：“快说，哎呀，我说这几天眼皮总是跳，你看，又有事了吧！”米诺说：“看来，你的眼皮有预测功能！”王老师说：“可不，一有事它就跳，可准了。”米诺说：“都怎么跳呀？”王老师说；“就是上下跳呗！”

这时候，上课铃声响了，米诺“腾”地跳起来说：“王老师，我得去上课了，再见。”米诺到了门口“嘿嘿”地笑起来，王老师听见米诺不怀好意的笑，才大呼上当。王老师恼羞成怒，她把米诺追回来，瞪着比克格勃还克格勃的眼睛说：“想瞒住我干坏事的人还没出生呢，我是谁？我比你多吃了多少年咸盐！你说纸能包住火吗？别人早跟我说了，你还瞒什么，说出来罪过轻一点，不说出来罪加一等！”

米诺迷惑地看着王老师想，我最近也没干什么坏事呀，看她那个样子，好像我犯了什么弥天大罪似的。但米诺毕竟是久经考

验的学生油子，她试探着问："王老师你让我说哪方面的事呀？"

王老师说："看来，你们干的坏事还真不少，你就先说夏桔最近为什么精神恍惚吧。"米诺松了一口气，原来是夏桔的事呀！米诺脱口就说："夏桔和张峥在谈恋爱！"王老师听了这句话大惊失色："啊，什么，夏桔在和谁谈恋爱，哪班的学生？叫什么名字？"

这还了得，学生恋爱不仅违反了校规，还影响了自己的学习成绩，影响了成绩也就影响了老师在学校的声誉。要知道，在私立学校班级里每考上一个重点大学，老师就要升职和受嘉奖，这关系到自己各方面的利益，要是学生谈恋爱分了心，分数降下来，不但要受到学校的批评，也会受到家长的指责。更何况夏桔的家长对夏桔看得很严，要是出点纰漏自己可受不了夏桔爸爸那阵势，在夏桔当不当班长的问题上王老师就领教了夏桔爸爸的厉害。

王老师气急败坏地去找张峥，但张峥的班主任老师说张峥去参加全国中学生奥数大赛了，没在学校。

王老师闯到班里大放厥词。

同学们都大感惊讶，尤其是马科："看不出来呀，我以为夏桔是个单细胞生物——雌雄同体，对于情呀爱呀根本不懂！唉，早知如此，我早下手了，怎么也不能肥水流到外人田里。"

程青青说："我看你工夫也没少下，可惜做的是无用功。"

马科伤心地想：程青青说说没错，我的工夫也没少下，可夏桔对我就是一副不理不睬的样子，我跟她认识了这么长时间，她对我愣是没感觉，她才去广播台几天呀，就闹出了丑闻！张峥这小子是我永远的敌人！我马科跟他誓不两立。不过，活该他倒霉。

乔志说："真是有点让人热血沸腾，好，高一(三)班的反叛者，有种！咱这班可该添点让人刺激的颜色了，否则活得太单调乏味了。"

朵莱瞪了乔志一眼："你怎么不自己搞点颜色让她们看看。"

乔志嬉皮笑脸，伸过手来拉朵莱："要不我亲吻你一下，让老王看看？"

朵莱一把推开乔志："你脸皮怎么越来越厚了？"

王老师让夏桔写检查，为使她迷途知返、悬崖勒马，王老师还叫来校长、教务主任，一起对夏桔进行"声讨"，那阵势像天要塌下来一样。

但夏桔自始至终抱着敌对的态度，拒不承认和张峥有"恋"的关系，只承认自己对张峥有好感，大有"打死我也不说"的风范。

为了让夏桔低头认罪，王老师让夏桔叫家长(王老师原来有夏子树的电话，但后来记电话的本子丢了。)，夏桔死不说出父亲的电话号码，她害怕夏子树毫无理智的脾气。在王老师的逼迫下，她流着泪说出了母亲辛纯的手机号。

2.

辛纯匆匆而来！

辛纯来了之后，大家才知道这就是不久前来找夏桔的那个短发的漂亮女人。王老师让辛纯参加"声讨会"，辛纯不但拒绝参加，还坚决反对再召开什么声讨会："我认为这种事没什么大不了的，就像那皮球不碰也罢，一碰它倒来劲了，少男少女对异性有了朦胧的爱的意识是很正常的，单靠出示红牌我认为不妥。"

辛纯的两个认为一出口，气得王老师拂袖而去。没见过这种不负责任的家长！

此时的夏桔正趴在宿舍的床上悲痛欲绝地哭泣，班长被撤的伤口还没愈合，又添了新的刀伤，夏桔的自尊被王老师砍得血流如注，她觉得自己已经没法在学校里呆了。

马科看夏桔那么哭，很生张峥的气："这小子真鬼子，出了事怎么连影子都没有了，留下夏桔一个人顶着，真不是爷们儿！"

米诺虽然非常地嫉妒夏桔，但她没想到自己的一句话竟带来这大的动静，她有点解恨，又有点害怕和后悔，总之，感觉很复杂。她觉得王老师处理这件事情太简单粗暴，也太兴师动众了，张峥和夏桔绝不会像王老师说得那样严重，老师这样实在是反应过度！米诺原本希望的只是对张峥和夏桔的一次小小的报复，没想到会闹到校领导都知道的程度，她害怕这样下去早晚有一天夏桔和张峥都会知道自己是告密者，那就太不好了，那样会给自己带来很多敌人，同学们更会对自己敬而远之。

米诺真后悔呀！她真想弥补一下自己的过失。

夏桔的妈妈辛纯来的时候，正是学生的开饭时间，同学们都去吃饭了。夏桔没去，一个人在宿舍里迷迷瞪瞪地躺着，头发乱乱的，满脸的泪痕。辛纯心疼地坐在女儿的身边，拂去女儿脸上的头发，夏桔看见妈妈，泪水又汹涌澎湃地流了出来！

辛纯拍着女儿的后背，就像小时侯哄她睡觉一样地轻柔，两个人沉默了半天辛纯才说，你知道熊妈妈打跳蚤的故事吗？夏桔摇摇头。

"有一只熊妈妈非常疼爱自己的孩子，有一天，它看见孩子的

脸上落了一只跳蚤，便一巴掌抡了过去，结果跳蚤死了，小熊的一只眼也被打瞎了，你说小熊该不该恨妈妈？”

夏桔明白妈妈的意思，但她不表态。

“你是个聪明的孩子，用不着我多说，我希望你能够看清问题的本质，心胸开阔一点，别计较老师处理这个问题的方式方法，无论如何，老师都是好意，她怕自己的弟子学习成绩会因为早恋而滑下去。振作起来，把这段感情埋藏起来，有一句话不知道你听过没听过‘花开得太早，是个美丽的错’，好好学习，假如你真忘不了他，你考上大学那天，我亲自去找他，妈妈给你们牵线搭桥！”

夏桔“扑哧”一声乐了：“你都没见过他，乱说什么！”

辛纯亲热地把女儿抱在怀里笑着说：“我女儿看上的男孩一定很棒！”

辛纯走的时候，给夏桔留下了一本她写的书，辛纯说：“你好好看看，这本书是妈妈为你这样大的孩子写的，也是为你写的。希望能给你一些力量。”

辛纯的身影刚闪出门口，夏桔就迫不及待地翻开了书的第一页，书的卷首语是：“汲取忧伤的营养长成栋梁。”

孩子，你说你十几岁的心很疲惫很忧伤，你说你十几岁的梦像一片遗落的树叶在风中孤独地飘荡。

你说未来的路太长太长，你经受不住冬日的寒冷和夏日暴烈的日光，你说它们会将你冻坏、灼伤。

是的，是的，你的路很坎坷，生活打伤了你的金翅膀。

是的，是的，你这朵小花刚刚绽开就遭遇了一场意想不到的

风霜。

但你看见那棵长在石缝间的小草了吗？它安静地接受着狂风、暴雨、雷打和骄阳。暴涨的河流没有吞噬掉它纤细的身躯，反使它由弱小变得渐渐粗壮。

尽管它生长在堤坝的缝隙间，尽管污泥掩盖了它身上绿色的光芒，可是黑夜的空旷并没有夺走它心中的希望，它努力地挺直身躯，顽强地寻找生命的阳光。

也许它渴望开出一朵花，也许它渴望长成一棵树，即使在黑夜听不见呼唤，寻不见灯光，它的内心也永远不会绝望。难道你听不见它在风中那欢快的歌唱？

你知道忧伤也散发芬芳吗？你知道挫折也是丰富的营养吗？你知道苦痛的泪水也会升华为艺术吗？

司马迁曾经受过羞辱，孔夫子曾经有过凄惶。

尼采曾经有过忧郁，拜伦曾经有过重创。

……

一切深刻的生命个体都品味过人生的悲苦和酸辛，平庸和顺境永远铸造不出一个高贵的灵魂。

不要跟我说你的忧伤！

在我的眼里，你的忧伤只不过是一根沾了几粒芝麻的巧克力冰棒，吃下去你会长得更壮。

不要跟我说你遭到了风霜，那是上帝洒在你身上的甘霖，吸吮下去你会渐渐变得刚强。

忧伤会让你的双眼穿透云雾，比星星还要明亮；忧伤会让你更健壮地奔跑在人生的绿草地上；忧伤会帮你摘到梦中那个圆圆

的月亮;忧伤会让你看到更美丽的草原,更辽阔的海洋。

所以,千万不要拒绝挫折带给你的美丽忧伤,大悲者会以笑噱嘲弄命运,以欢容掩饰哀伤。不管你将来的社会地位怎样的卑微,我都希望你油污的外衣包裹着的是一颗丰富、高贵的心,这颗心要学会蔑视世俗的舆论和功利,这颗心要有道家的飘逸、佛家的空灵以及禅宗的超拔。

“莫听穿林打叶声,何妨吟啸且徐行。”

吸允着你的忧伤,不要去理会路旁的风雨。忧伤的雨虽然打乱了你的头发,淋湿了你的声音,但它会滋润你路旁的绿色,送给你一个晴朗的天空,它会使你的生命之树更美,树上的每一片叶子都会因它而变得绯红。你要记住,没有人在你痛苦之时能给予你完全的帮助,一切一切的忧郁和哀愁只能靠你自己去将它征服。

最后送给你一首泰戈尔的诗:“让我不要祈祷在险恶中得到庇护,但祈祷能无畏地面对它们;让我不企求我的痛苦会静止,但求我的心能够将它征服;让我在生命的战场上不盼望同盟,而使用我自己的力量,让我不在忧虑的恐怖中渴望被救,但希望用坚韧来获得我的自由!

……

夏桔看着看着,眼泪就模糊了双眼:妈妈,你放心吧,我会坚强起来的!

3.

王老师到办公室后,越想夏桔母亲辛纯的态度就越来气,什

么玩意儿，我这么辛辛苦苦不就是为你女儿吗，这人怎么能连这点都不领情，不行，我还得找院长！

王老师开始打114，问人民医院副院长室的电话号码，很顺利地就找到了夏子树。王老师就气呼呼地说你女儿如何如何，我如何如何教育，可你爱人来了以后又如何如何的态度，难道你们就是这样教育孩子的吗，学校教育和家庭教育不一致怎么行，要是这样我没法教育你女儿了……

夏子树一听感到非常纳闷，怎么，吴云芳去学校了，她怎么忽然关心上夏桔了？真是太阳从西边出来了！不管她怎样说的，都是一种进步，应当鼓励。虽然夏桔早恋也让他震惊、生气和恼火，可吴云芳去尽母亲的责任仍然让他高兴，他打算先打电话问问吴云芳，然后再去学校收拾夏桔。

吴云芳接到电话对着话筒喊：我神经病呀，我吃饱了没事干啦？你脑子里进水了？

夏子树放下电话就开上车，他风驰电掣地来到了立才，他像一头愤怒的狮子将正上课的夏桔拖出教室，在操场上咆哮起来：

“我给你交学费就是让你来胡作非为的吗？你还有脸没脸！

“谁是你的监护人你知道不知道？辛纯怎么知道你在这个学校？你是不是经常跟她联系？她有什么权利作为家长来学校？”

一群学生在围观，夏桔把头深深地埋了下去，全身都在颤抖，她没想到自己的父亲会这样的不给自己留面子，刚刚被母亲平复了的低落心情，此时又翻江倒海般难受起来。

夏桔的肉体站在操场上听父亲野兽一样的喊叫，但思维已经游离在虚幻和现实之间，此时的她真想逃离这个痛苦的现实世

界，这个真实的世界让她感到即厌恶又无奈，为什么，为什么我夏桔会有这样的一个父亲？

人家朵莱的父亲只是一个老牧民出身的买卖人，但来送朵莱的时候，跟老师同学说话又和蔼、又亲切、又谦和，而自己的父亲身为一个医院的副院长，接受过高等教育，但骨子里却那么粗俗不堪，说话却那么霸道，当然他在医院里绝对不是这样的形象，如果是，他也不会爬到副院长的位置上。

在很小的时候，夏桔并不理解母亲为什么要选择离婚的方式离开自己、离开那个家，但现在长大了，她渐渐意识到，母亲当时真的选错了人。这个粗暴的，经常酒醉被家人找回家，甚至一不开心就会打人，喝起酒来就要酒疯、就疯狂的男人真的不配拥有母亲那样温文尔雅的女性，也不配拥有我夏桔这样的孩子……

夏桔就这样冷冷地想着，默默地接受着父亲的责骂，可是却没有办法逃离。

王老师知道夏子树在操场上正骂夏桔，就匆匆地跑过来将这对父女拉进了办公室。

自此，夏桔的神秘面纱被揭开了！当然了，同学们仍然不知道，知情者仅限于王老师。

（九）　不能触碰的隐私

1.

原来，夏桔是生活在一个特殊的家庭里。

夏桔的父亲夏子树和母亲辛纯已经离婚三年了！

离婚二年后经人介绍，夏子树与一位行政机关的女干部吴云芳结婚了。结婚之前夏子树曾经征求女儿的意见，夏桔是个通情达理的孩子，她常常看见父亲在夜深人静的时候一支接一支不断地吸烟。父亲的孤独和寂寞以及内心深处的苦痛虽然从没和她在语言上交流过，但他的一举一动都在不断地告诉着敏感的夏桔。她愿意父亲再结婚，再一次寻到幸福，但她担心父亲暴躁无常的性格会再一次地既伤自己又伤别人。母亲是一个性格平和的人，最终也被父亲伤害得“遍体鳞伤”。父亲容不下女人比他强，容不下女人有主见，家里的大事小事都得由他做主。夏桔记得小时候因为她上学穿什么衣服，剪什么发型等鸡毛蒜皮的小事父母吵得天翻地覆，最后总是以父亲的胜利、母亲的失败而告终。父亲战胜母亲有三大法宝：一是嘲讽挖苦，二是大吵大嚷，三是砸盆摔碗，只要他使出这三样宝中的一宝，胆小爱面子的母亲肯定

就像掐死了一样躲在角落里不吭气了，只有默默流泪的份儿。

父亲还有一样最让夏桔深恶痛绝的毛病，那就是唠叨。从每天睁开眼睛到晚间闭上眼睛，父亲的嘴都在不停地说，过去他唠叨夏桔的母亲这不对那也不对，后来他又唠叨夏桔，家里唯一他不敢唠叨的就是奶奶。说起奶奶来夏桔更是一肚子的无奈，那更是个唠叨大王，她只要一见到夏桔就“热情火爆”，夏桔的每一个汗毛孔都有毛病：吃饭的姿势不对；说话的口气不对；穿衣服的颜色不对；头发的样式不对；考试的成绩不对……

“倚老卖老不知老之将至；

管天管地还管拉屎放屁。

——秋后蚂蚱”

夏桔不知从哪本书上看到这一副对联和横批，她觉得把它送给奶奶真是再合适不过了。有一次她在电话里将这一副对联念给母亲听，母亲“扑哧”一声笑了：“你从哪看到的这么粗俗的东西，不许这样形容奶奶，不管怎样她都是爱你的，人老了，总是要唠叨的，多原谅吧，心烦的时候，多想点她的好处。”

“爸爸可是没老！”

“唉，可能是家庭环境造成的，没办法。”

“难道你就不怕我在这个环境里变质吗？”夏桔幽默地对母亲说。

“不会的，你的身上流着我的血。”

“我的身上同样也流着父亲和奶奶的血。”

夏桔针锋相对，母亲无言以对。

遗传的力量真是太可怕了，奶奶和爸爸的性格就像克隆的羊一样原版照翻：奶奶爱挑剔，爸爸也爱挑剔；奶奶爱唠叨，爸爸也不甘寂寞。

那么自己是个什么样的人呢？

夏桔想起这些心就抖个不停，所以她从小就努力地克制自己，在人前少说话，做人尽量随和。

挑剔的可怕就是让人毁灭自信。夏桔在学校里学习一直很好，但她就是自卑，做过的事情还好后悔，不管是往谁面前一站，她都觉得比人低一头，一句话，谁都比自己强。形成这种性格的主要原因都是因为奶奶和爸爸，他们从夏桔小时候就举着一把无情的砍刀，把她的自尊砍得七零八落。

这样的家庭、这样的父亲，还能包容下另外一个女人吗？

假如这个女人和母亲一样柔弱，她就会受到伤害，最后会落荒而逃。

假如这个女人是个强悍的，那势必会针锋相对，家里从此就永无安宁。

夏桔一方面希望父亲幸福，一方面又为他担心。别人都说夏桔早熟，何况她天生就有一颗敏感的心，这颗敏感的心是母亲给她的。小时侯不懂事，夏桔总是笑母亲太好流泪，看电视时流泪，看书时也流泪，随着年龄的长大，夏桔才发现自己的骨子里也有那么多的多愁善感成分，这种成分所生就出来的那颗心使她既能看透父亲的性格，也能看到父亲的痛苦。

她希望父亲能寻到幸福，所以在夏子树征求她意见时，她不

加思索地表示了赞成，她希望能从父亲阴沉的脸上看到阳光，但她同时又担心自己的处境：新妈妈会对她好吗？

夏子树以不容置疑的、肯定而坚决的口气对女儿说："她要是对你不好，我拿杠子打断她的狗腿！"

爸爸的话吓了夏桔一跳，是的，父亲这种人完全能干出这种事来，夏子树对女儿的爱是不容置疑的。夏桔小的时候他就常常当着夏桔的面说："我怀疑你妈不是你的亲妈，为你花点钱她就心疼。"

小时侯，爸爸常给夏桔买零嘴吃，使她一到吃饭时间就没了食欲，这很使妈妈反感，她发誓要给夏桔改正这种毛病，而夏桔有了父亲这棵大树撑荫，就把妈妈当成了"敌人"，她和爸爸买零嘴的活动完全转入到"地下"，并以此为乐趣。每当妈妈批评她时她就理直气壮地说："我爸爸让的。"

夏子树常常不放心妻子对女儿的照顾，穿得是否暖和，吃得是否饱。

一个连孩子的亲妈都怀疑的人，能放心后妈吗？值得推敲。但夏桔的这种担心后来一看，简直是太多余了。

爸爸结婚的前半年，夏桔一直和奶奶住在一起，一开始，夏桔感觉很好。她看爸爸和吴姨处得不错，到了周六周日，他们总是成双结对地来到奶奶家。夏子树对这个吴姨的包容令夏桔也大吃一惊，他似乎一下子将自己过去那武断的、粗暴的脾气改变了，变得温顺有礼，每天吴姨下班一进家他总是将热饭热菜及时地奉送上去，还要体贴无比地沏上一杯热茶。奶奶看见自己的儿子干活多，很心疼，叹着气说："大房臭，二房香，娶了三房做娘娘，唉！

这些男人呀!”

于是奶奶认为夏桔应该回自己家去住,她开始跟儿子唠叨,说自己年龄大了,退休金少,养不起夏桔,何况这个孩子固执得很,不听话、自己管不了。奶奶让夏桔回家住,她跟夏桔唠叨说,你爸爸结婚了,有家了,你应该回家去,他们有义务养你。

夏子树一开始就犹犹豫豫的,他怕夏桔和吴云芳处不好,但经不住奶奶一次次的唠叨,于是夏桔“回家”了。

夏桔一回家就觉得这个吴姨太严肃,她感到很奇怪,过去怎么就没感觉出来呢?后来才知道,吴姨只是在她面前不苟言笑,当夏桔不在家,她单独面对爸爸时却有说有笑的。

有多少次夏桔一踏进家门,刚才还欢声笑语的家,忽然一下子就没了声音.吴姨低着头干自己的活,一副不理不睬的样子,夏桔和她打招呼,她只是淡淡地哼一声。

对夏桔的日常生活吴云芳几乎是不闻不问,全由夏子树一手承包。夏子树出差时,便安排夏桔回奶奶家,奶奶虽然唠叨,但她对夏桔的吃喝睡毕竟还挂在心上,不像那个吴云芳对夏桔采取的是熟视无睹的政策。

奶奶自然是要过问夏桔在那头过得是否好,夏桔说:“很舒服。”

这其实是夏桔的真心话,她觉得奶奶的唠叨比吴云芳的熟视无睹更让她难以忍受。她喜欢别人对她视而不见,她在这种视而不见中品尝到了从未有过的轻松。当然,在这种轻松中她也感到了一种无形的压抑,她觉得很闷,一种缺少家庭特有的温暖和欢快的憋闷。她常常怀念小时侯家里的那种气氛,她那个高兴起来

就欢快无比的妈妈、不高兴就流泪的妈妈。妈妈嘻嘻哈哈大笑的样子；妈妈拍着巴掌追着她做游戏的样子；妈妈讲故事时那全神贯注的样子；甚至连妈妈气愤地瞪着眼睛打她时的样子她都感到亲切和温馨。

另外，即便是吴云芳对她有一百个不是，但她只要对爸爸好，夏桔就不会在奶奶面前说她半个不字，奶奶是个永不知足的人，她对别人的要求过高、过于尖刻，在她的眼里，除了她自己，所有的人都有缺点，她的嘴每天喷出来的都是埋怨、谴责、嘲讽、挖苦，她这样对待自己的亲人，也这样对待工作中所面对的人和事，她认为自己要才干有才干，要资历有资历，但一直到退休还是一个普通群众。为此她牢骚满腹，认为这个社会对她很不公平。夏桔记得有一次过春节，除夕的晚上全家人都在看除夕晚会，只有妈妈一个人在那里擦洗奶奶家的厨房，擦完以后妈妈刚要坐下看电视，奶奶又让她去包饺子，妈妈包完全家人吃的饺子以后还不到煮饺子的时候，刚要坐下，奶奶又说自己正月初一要穿的红毛衣还没织完袖子，辛纯一声没吭又拿起了毛衣，一直到凌晨四点钟毛衣才织完。初一早上奶奶穿上新毛衣美滋滋地出去拜年了，妈妈却要准备一家人初一的伙食。初二那天妈妈提出回自己的家，因为她从腊月二十就来给奶奶干活，她太累了，想回到自己家躺一躺，爸爸大怒，奶奶也大怒："大过年的，你回家干什么？这里不是你的家吗？""人家大过年的都往老人家里奔，你可好，你心里还有没有老人？"辛纯只好闭紧了嘴巴，以防奶奶的大帽子越扣越大。

初五早上辛纯在厨房里煮饺子，奶奶到厨房里取酱油，辛纯

把煮好的一盘饺子递给了奶奶，奶奶“哎呀”一声大叫，饺子盘掉在地上摔了个粉碎。原来盘子在煤气灶上，奶奶接过来的那一面被火烤热了，烫了奶奶一下。

奶奶龙颜大怒，一口咬定辛纯动机不纯，气得躺在床上不吃饭怄气。辛纯只好站在床前给奶奶赔礼道歉，接受奶奶和夏子树暴风骤雨般的埋怨和指责。

正月初六一进家门，辛纯就和夏子树吵了起来。辛纯对自己结婚以后一到节假日就成了夏家的保姆，失去了人身自由的生活状态倍感愤怒。对奶奶苛刻褊狭刁钻好斗的个性极为蔑视。辛纯一反平日里的懦弱，指着夏子树的鼻子尖说：“你妈是政治斗争的产物，是一种政治文化造就的人格，在单位里无休止地和别人摩擦争斗，把家里也当成了斗牛场，还感到乐趣无穷。”

“我永远鄙视你妈妈的自私，作为一个母亲，她站在自己非正常发育的儿子面前竟然没有一点悔愧之心，而且长大以后还让自己的儿子媳妇像奴才一样为她服务，她的字典里只有索取二字，从来没有给予。”

夏子树一听辛纯骂他不正常，立刻瞪起血红的眼睛，抄起菜碗照着辛纯就砸了过去。那以后，家里就恶战不断，狼烟四起，一直到两个人走上法庭。

爷爷也是个很软弱的人，面对奶奶无休无止的唠叨他从不敢多说什么。在父母离婚，夏桔在奶奶家居住的那些个日子里，面对奶奶无休无止的挑剔，夏桔的心里真是黑暗透了，爷爷总是劝夏桔说：“你受那点委屈算什么，我这一辈子在你奶奶面前就没翻过身来。”

是呀，爷爷真的很受奶奶的气。有一次家里来了客人，吃饭时爷爷说了一句在夏桔看来很正常但在奶奶看来却无法容忍的话，奶奶勃然大怒，当场将一杯酒泼在爷爷的脸上。

奶奶还常常当着许多人的面微笑着羞辱爷爷家里穷，祖辈是扛长活出身的，家里没一个有能力的。夏桔不明白爷爷为什么从不吭声！在夏桔看来这是无法容忍的，她觉得一个人在家里也应该保持尊严，她觉得爷爷在奶奶的面前就毫无尊严可谈，更别谈什么做人的平等了。难道这也叫婚姻吗？夏桔对这种婚姻很迷惑，说奶奶不爱爷爷，那为什么他们已经生活了整整一辈子，而且每天同出同进，一起购物，一起锻炼，一起去会见老朋友。说他们相爱，那为什么奶奶又不尊重爷爷，那么霸道和匪气？

夏桔觉得爷爷很窝囊，根本不像一个男人。

可如此窝囊的爷爷却生出了一个很霸气的儿子。是的，夏桔一直认为爸爸很霸气。爸爸在离婚之前一直在夏桔的妈妈面前耍大男子主义，凡事都要他说了算，即便是夏桔穿什么样的衣服这样的小事妈妈也无权自己决定。有一回，夏桔的妈妈辛纯想吃玉米渣粥，便在夏子树没回来之前用高压锅熬了粥，下班回来的夏子树一看高压锅里的东西，很不高兴，他说大中午的吃什么玉米，他已经买了大饼，说着就把高压锅从煤气灶上拿了下来。因为粥还没熬好，辛纯又想吃，便把高压锅又放在了煤气上。夏子树见辛纯根本就把他的话当耳旁风立时来了火，气急败坏地冲上前去将高压锅端起来就扔在了地上。

夏桔一直不明白爸爸为什么一定要压妈妈一头，在夏桔看来，爸爸这个人根本配不上妈妈。无论是在长相上，还是在学识

上，妈妈都要胜爸爸一头。妈妈是一家报社的编辑，又写得一手好文章，待人处事又有礼貌又有修养，可她对爸爸却无计可施、无可奈何，唯一的能耐就是躲到一边去流泪。

夏桔想：爸爸是不是因为妈妈比他强也有点变态？爸爸的个子比妈妈矮，所以爸爸上街的时候总是有意识的和妈妈保持距离；妈妈和爸爸说话每一次都得和颜悦色，如果表情上稍有变化，爸爸就会认为妈妈瞧不起他了，然后嘴里就会喷出许多嘲讽挖苦的话："你有什么了不起，你酸什么，你不就是个破编辑吗……"

爸爸总怕妈妈瞧不起自己，所以他以攻为守。每一次打仗，都是他首先挑起来的，比如他回来晚了，打开门就会瞪着眼睛说："怎么了，我回来晚了不行吗？告诉你，我以后想怎么着就怎么着，用不着你管，你少管我！"

其实辛纯一声都没吭。

但不说话也不行，在夏子树的眼里，沉默是对他最大的蔑视，他容不得这种蔑视，每当辛纯一声不吭时，他的火气就会更大，像一堆火上又加了新的干柴一样熊熊燃烧，他会暴跳如雷，这种时候他的破坏力会更大，抓到什么就砸什么，摸到什么就摔什么。

夏桔长大以后很少跟辛纯回姥姥家，那是因为爸爸不让。爸爸对姥姥家的人曾经反对他和辛纯的婚姻，一直耿耿于怀，他自己不去，也反感辛纯回家，他总觉得辛纯的亲人每时每刻都在说他的坏话。姥姥家的人对他确实不喜欢，但自从辛纯和他结婚以后就一直保持沉默，当然了，双方很少来往。其实姥姥家的人都很平和、很民主，对夏桔很爱护，夏桔在那个充满欢乐祥和的家庭里感受到许多在奶奶的家里感受不到的东西。姥姥是一个从不

知道抱怨而只知道为别人付出的女性，她没有奶奶的文化高，也不会像奶奶那样在人前讲出那么多的大道理，但她对别人的那种理解、包容时时让夏桔感叹：唉！要是奶奶像姥姥一样就好了。都说当教师的能理解人，可做了一辈子政治教员的奶奶怎么就那么的尖刻呢？她对别人的要求太高，尤其是对夏桔的妈妈辛纯。她看到辛纯坐在写字台前就生气，她认为一个女人最主要的任务就是应该伺候好老人孩子丈夫，什么事业不事业的。她要求辛纯回家就应该下厨房而不应该坐在写字台前。辛纯下班晚回来十分钟她就数数叨叨，一百个的不愿意，有时候还指桑骂槐，这让夏桔觉得她实在是没有风度。指桑骂槐应该是那种没有知识、没有教养的女人干出来的事情。奶奶在跟夏桔谈话时一直以自己是个知识女性而自居，教育夏桔要有教养，可奶奶做出来的事情却完全是两回事，她会在家里人洗澡或睡觉时不打任何招呼就撞开门走进去；她常当着夏桔的面教给儿子怎么对付他的老婆辛纯，她说："打到的媳妇揉到的面。"她说："你越给她脸她越上脸。"她还说："家庭就像社会一样不是东风压倒西风，就是西风压倒东风，你厉害了，她就软下来了。"她骂爷爷时手插腰板什么都能骂出口，她骂夏子树更是一副骂你没商量的样子。夏子树虽然在辛纯面前耍大男子主义，但到了自己的母亲身边却唯唯诺诺的，半个不字也不敢说。

在许多场合里，许多人都说夏桔生长在一个很好的家庭里：书香门第，所以夏桔才显得那么文雅、那么有教养。夏桔听到这些总是将眼睛闭上，一声不吭。

书香门第！哈 哈 哈！

生活呀，你就是这样复杂吗？夏桔在忧郁的时候常常这样仰天自问。

因为夏桔对奶奶的这些个看法，所以她绝不会将现在的家庭情况告诉奶奶。父母的离异虽然有他们自己的原因，但与奶奶无休无止的掺和挑唆有一定的关系，她不想让父亲又一次失去家庭，她虽然对父亲有看法，但他希望父亲幸福。

来立才学校之前，学校开家长会，历来是夏子树露面。有一次夏子树出差赶不回来，特地叮嘱奶奶去，但爷爷奶奶赶巧那天有事，夏子树没办法只好给妻子打电话，吴云芳答应了。

全班同学的家长都开会来了，唯有夏桔孤单单地坐在家长堆里，因为老师有规定，自己的座位由自己的家长坐，来一个家长走一个学生，这样便于认识，对没来的家长老师心里也好有个数。

夏桔接受着老师复杂的目光，也接受着来自家长的、她无法一一读懂的目光，心里的滋味无法形容。

夏子树这回真生气了，在饭桌上他问吴云芳为什么没去开会，吴云芳说我去开什么会，我算什么？夏子树瞅夏桔一眼，示意夏桔回自己屋，夏桔端着碗走进了自己的小屋。

夏桔听见父亲说："你看你，当着孩子的面说的是什么话，你算什么，你是我的妻子，当然就是孩子的妈妈。"

吴云芳说："我可从来没说过要当她的妈妈，结婚前你可跟我下了保证，说孩子用不着我管，跟奶奶过，否则我不会进你这个家门的。现在我允许她在家里住就已经不错了，你可别得寸进尺。"

夏桔的头"嗡"的一下，什么？爸爸曾跟她下过这样的保证，爸爸把自己当成什么了？包袱？

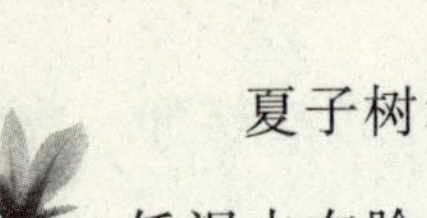

夏子树和吴云芳吵起来，夏桔关紧门，将耳朵用棉花堵起来，任泪水在脸上流淌。

吴云芳第二天就回了娘家，一住就是十多天。夏子树给她打电话，她不接；夏子树去家里找她，她闭门不见。

夏子树于是就一个人在家里喝酒，喝得眼睛红红的，他的坏脾气又犯了，开始骂人，摔东西，砸家具。他头不梳脸不洗，也不再给夏桔做饭吃。夏桔就吃方便面，方便面就着父亲不停的唠叨和自己控制不住的泪水。

夏子树将一腔怨气全发在了夏桔的头上，在他的眼里，夏桔的每一个汗毛孔都有了毛病，夏桔的每一个眼神都有辛纯的神气，这让他心烦厌恶，也让他窝火。

夏桔就奇怪，爸爸这样毫无理智的粗暴男人怎么就会在一个国家的公立医院里当上了副院长？难道人变态之后才能做官吗？

因为爸爸和奶奶的脾气，多少个保姆都在家里留不住，一个个辞工而去，他们为什么就不总结总结原因呢？

因为吴云芳的离家出走，夏子树便决定把夏桔转学到能够长期住宿的学校，不惜任何代价。

就这样，夏桔从一个没有住宿条件的国立高中，来到了这个昂贵的贵族学校。

虽然立才的一年费用是他印在工资折上的年薪的两倍。

吴云芳这才消了气，从娘家回到了夏子树的身边。

辛纯让夏桔周末去她那住，但夏子树不愿意。他怕夏桔和母亲有了感情，对他更加冷淡，等他老了以后夏桔会不管他，所以他百般地阻止夏桔去母亲家。虽然夏桔不回去，但他每周末来学校

一次，实在有事来不了，他会往宿舍打电话，当知道夏桔去了母亲家，便立刻大发脾气，气急败坏地找校长，找班主任……

虽然夏桔没敢把爸爸的电话告诉王老师，但仍然没有阻止住父亲对自己和张峥这件事情的知情权。

对夏桔“早恋”之事，吴云芳幸灾乐祸煽风点火，使夏子树对女儿的压抑更加剧了一大步，也更加剧了夏桔对家庭和父亲的厌倦。

（十） 妈妈的命

1.

十月一长假，夏子树和吴云芳去国外旅行，夏桔向奶奶撒了个谎就跑到母亲的身边。

单身生活的艰辛和工作的繁忙并没有将母亲摧垮，她还是那样，一头短发和瘦削的体形，使她显得仍是那样年轻有朝气。夏桔像小鸟一样飞奔上前，一把搂住妈妈的脖子："妈妈！"

辛纯也很激动，抚着夏桔的长发，她的眼圈立刻红了："夏桔，长高了，比我还高了。"

辛纯住在近郊的一个铁路小区里，楼外的小路荒草半侵，树木也无人修整，藤蔓自由放肆，楼的外观灰旧朴拙。

不知怎的，夏桔喜欢这种返朴归真，喜欢一切自然的东西。

远处是绿色的田野、静谧的村庄和清清静静流淌的小河。夏桔挽着母亲的手，呼吸着这里的新鲜空气，纷杂的情绪、散乱的意念好像一下子都无影无踪了，她说："哦，妈妈，你可真会选住处。"

辛纯说："我喜欢乡间带有青草气味的夜晚，喜欢听树根下发出的各种虫鸣。等我老了，我就回乡下，买一套明亮而充满阳光

的房子，亲手建一个花园，种几棵果树，养一群鸡，还养一只狗，到时候我就牵着那只狗在村边的老树下等你来看望我。”

“别想得那么美，谁愿意去看你呀，一个孤老婆子。”夏桔搂住妈妈撒娇地说。

住的房子尽管很小，但被辛纯的巧手收拾得很温馨、很艺术。

在环绕着世俗习气的生存空间里，辛纯屋里弥漫的清静和淡雅，弥漫着艺术和温馨的气息，很像是一座远离人间的孤岛。地上铺着那些编织精巧的草席；墙上挂着木质、竹质的装饰品、字画；还有那些如绿草、如兰花、如竹林的灯具；她亲自勾织的那些透花的小帘小垫，无一不显示着她的文化修养和一个灵巧女人的精致品位。

夏桔想到自己原来的那个家。那时，到家里去的每一个客人，都惊讶、赞叹夏家素雅、精致、艺术的装修和一尘不染的洁净。辛纯不仅仅是一个编辑，在业余时间还从事写作，她一直都很忙。客人们奇怪，一个工作事业都很忙碌的女人竟然还有精力能够投入到家庭之中，竟然还有时间去做贤妻良母。在他们的意识里，会写书的女人都是不会干家务活的，有点不食人间烟火的味道。

夏子树当着客人的面从来都不承认辛纯是个好妻子，他常常毫不避讳地在人前谴责辛纯，也常常在她写作时怒喝：“你是缺吃呀，还是少喝？工作天天和文字打交道就够累的了，回到家还天天写那些劳什子。”

他时常嘲讽她：“你知道人家是怎么说你们这些玩文字的吗……”

有时辛纯不吭声，有时辛纯也忍不住反击：“我耽误什么了？

我是耽误洗衣服啦？还是耽误收拾屋子啦？或是耽误你吃饭啦？告诉你，我写作占的是我自己的休息时间，我写作的时候你在干活吗？你正在喝酒，正在睡大觉，正在看电视……”

吃了饭，洗个澡，因为很累，夏桔早早地睡下了，半夜醒来见母亲还俯在写字台前写稿。母亲的身影在灯光中显得细长而瘦弱。夏桔想，写作有着怎样的魅力呀，竟然能使妈妈如此淡泊享受，无怨无悔地耕耘在自己这块精神的土地上，将自己的青春和生命慢慢地消耗在这个少有人理解的事业上。她宁可抛掉自己物质丰厚的家庭，却拎着一支笔在这样的一个小屋里呕心沥血地写，她不仅是知识的修行者，也是品德的修行者。外面的世界多么精彩，世俗的生活多么具有诱惑力，可母亲的性情几乎从未被柴米油盐等世俗琐屑所消磨，个性中有一种打不灭、杀不尽的知识学养。

可能是写得时间过长了，母亲把左手背过去，使劲地揉着脖子。夏桔悄悄地爬出被窝站在母亲的身后，两只手给母亲轻轻地捶背。

辛纯返转过身来，把夏桔揽在怀里：“桔子，怎么不睡了，是妈妈扰醒你了吗？”

“妈妈，别再这么辛苦了，身体最要紧。”

“我知道，但这本书的稿子催得很紧，如果不按期赶出来，耽误出版，妈妈是有责任的。”

“妈妈，我记得你是和我一起睡的！”

“是呀，我是等你睡了以后又起来的，反正我也睡不着，我现在神经衰弱，有点小事就睡不着，今天你来了，我就更精神了！”

夏桔说自己是不是也得了神经衰弱，因为在每次考试前都睡不好觉。

辛纯说，什么神经衰弱，你那是紧张造成的，过后就好了。

“妈妈，你为什么会和我爸爸那种人结婚?”夏桔忽然问妈妈。

辛纯叹了一口气说：“我相信婚姻是一种缘分，也是一种命运，有时候人本身是抗不过命运的。我和你爸爸就是这样的，我常常想，是不是前生我就欠你爸爸点什么，此生注定要给他做十几年的妻子，我送给他一个世界上最珍贵的礼物——女儿，但他送给我的是什么？是十几年伤心的泪水，泪水流完了，我们的缘分也到头了。”

“妈妈，我一直不明白一个问题，我想问问你，你爱过我爸爸吗?”

“这也是我自己一直迷惑的问题，我和你爸爸见面时才二十一岁，刚参加工作一年，那时他已经三十岁啦，他在我面前侃侃而谈，谈什么文学艺术。他业余在一个医学辅导班上课，课讲得也很好，当时给我的感觉就像一个大哥哥一样地疼我。我住单位，单位又没食堂，这一顿、那一顿地吃饭，在这个城市里举目无亲，我渴望爱，渴望温暖。在认识不久，他就常给我送饭送菜。你看，就是这么简单，我就被感动了，毅然决然地很快就嫁给他了。”

“那时候你就没看出他有那么暴躁的脾气吗?”

“我看出来了。那年五一，他的父母去外地，只他一人在家。他叫我去吃饭，我去了，但吃完饭后他劝我住下，说路远、天黑。我说什么也不干，我还是一个姑娘，我知道住下对我今后意味着什么，更何况同宿舍的同事见我不回去会做何感想，我不想因为

这些毁坏自己清白的名声。他拉我、劝我，这都无法阻止我往外走，我很坚决地跑出了院子。他认为我想歪了，侮辱了他，就用脚把门重重地踢上，然后又暴怒地使劲踹了两下，气急败坏地锁上大门，骑上车子。他带着我喘着粗气一声不吭地向前狂奔，在拐弯时我从后车架被甩到地上，我的手被沙地擦破了皮，腿也摔青了。我爬起来自己一拐一拐地向单位的宿舍走，步行了六里多地。他要带我，我说什么也不肯，他便跟在我的后边。第二天我把一封绝交信交给了一位好朋友，让她帮忙给你爸爸送去。我认定这个人不仅仅不理解人，还太暴躁，我坚决地要跟他断绝来往。”

“可是你们并没有断绝关系！”

“是呀，我是一个心肠软、耳朵根子软、泪窝子也浅的人，相处半年，我给他先后写过三封绝交信，都没有成功，都被他三寸不烂之舌给打败了。就说这一次吧，他接到我的绝交信后，立刻用饱沾着泪水和辛酸的笔给我写了一封长达三十页的长信。他写自己从小到大所受的挫折、所经历的苦难。他告诉我，自己从出生就饱尝生活的磨难，他出生刚二十九天，母亲就不愿意带他，千里迢迢将他送到了另一所城市交给了和母亲两地生活的父亲，然后拍拍屁股就回单位工作去了。他母亲认为孩子姓父亲的姓，做父亲的理所当然应该对孩子负责（夏桔也知道，这就是奶奶的逻辑）。父亲没有办法，托人把他送到一个从没结过婚的老处女家里，那地方管这种人叫老姑子。老姑子需要挣钱养自己，于是老姑子开始带他。老姑子喜欢看评剧，也喜欢打牌，她绝不会因为这个孩子而改变自己多年的生活习惯。每天早上去打牌之前，她

给孩子喂一大碗奶，然后用大枕头把他圈在炕头上；中午回来，她给孩子换换尿布喂一碗粥或奶。做过母亲的人都知道，小孩子每隔一个多小时就得喂一次，可他一上午才吃一次，他能不拼命吃吗？于是他长了一个大肚子，他发育得非常不完善，个子矮小，脑袋很大，一直到两岁，父母才结束了两地生活，他才随父亲回到了这座城市。回来不到一个月，他又被送进了长托幼儿园，每周才回家住一个晚上。”

“妈妈，我觉得爸爸的暴躁和小时候的经历有关。”夏桔说。

“你说的对，我认为他小时候没发育好的不仅仅是身体，更重要的是他的心理。一个正常的孩子是需要家庭温暖和母亲抚爱的。据科学家验证，人在婴幼儿时，如果母亲经常亲吻、拥抱、抚摸孩子，孩子的身体就会长得快，性格也温和；相反，一个得不到爱的孩子，心理一定不会完善。你爸爸偏激气躁，反复无常，心胸狭小，情绪大起大落的个性一定是和这些有关系的，又加之他因自己个子小，总害怕别人瞧不起自己，于是就首先进攻，挑起事端伤害别人，以此来保护自己脆弱的自尊。”

“妈妈，你是不是没少研究这方面的知识？”

“是呀，以前为了你，也为了那个家，我没少翻心理健康方面的书，我甚至还瞒着你父亲，咨询过心理医生，总想试图改变你父亲的个性。可是我错了，到后来我才慢慢地体会到，我以一个正常人的思想、方法去说服一个不是在正常的爱的环境里成长起来的灵魂，是多么缺少说服力，也理解了‘江山易改，本性难移’这句话。他从自己的感觉、自己的理念出发，来理解、感知这个世界，他总以为自己才是一个正常人。除了暴躁武断不理解人以外，他

对我写作还非常反感。当然了，他也不是常使用暴力，也坐下来跟我谈心，他说：‘你看看谁做妈妈了，还像你一样写那些劳什子，你以为写东西还像七八十年代那样体面吗？’他说我每天用方块字搭建柏拉图的理想王国。我对他说写作之初，是我对你太失望了，无处可逃。他用卡夫卡的理论给我下断言：‘你使劲追求的价值根本不是真正的价值，结果毁掉的东西却是作为人的整个存在所必须依赖的。’在他的面前有时我真是糊涂了，难道真是我对生活太理想化了吗？难道现实当中，男人都是像他这样吗？我反复地检讨自己，站在远处看自己走过的每一步，但是我最后还是坚定地认为，我的判断是对的，是他不正常。无论做媳妇、做妻子、做妈妈我都尽了责任，我都问心无愧。北大的教授季羡林先生说过一句话：‘假如有来世，我最大的愿望是别让我再做个知识分子。’我不记得在什么地方看过了，但我记得那是一个夜晚，看完以后我流了一脸的泪水。和大师的痛苦相比，我的痛苦可能是非常浅薄的，可它却触动了我最伤痛的地方。”

“爸爸说你就喜欢读南怀瑾的书。”

“是，有一年的时间我只看他的书，因为书中的观点，有的和我的观点契合。看先生的书是一种享受，当然有的观点到现在还是一个大谜团。”

“妈妈，既然很痛苦，为什么不早一点离婚，非要在我懂事以后离，如果你们早一点离，可能我就不会这样痛苦了。”

辛纯抚摩着夏桔的手说：“对不起，我这一生，最对不起的就是你了。那些年，我流泪、叹息、挣扎、徘徊和反反复复，其实我这样痛苦地等待，就是想让你长大一点、懂事一点。当然了，也有我

个人性格软弱的地方，我怕舆论、怕白眼、怕这个社会不理解，更怕别人把我看成是个坏女人……”

“妈妈，我从你和爸爸身上明白了一个道理：越文明、武力越弱，就越吃亏。以后你别再跟别人讲文明了。我说一句让你伤心的话，爸爸自从再婚，性格变多了，他对那个女人的话言听计从，你知道为什么吗？因为那个女人是个泼妇。”

辛纯苦笑了一下：“只要他能改变，我比他本人还高兴，最起码我的女儿能生活在正常气氛的家庭里。我还真服了你的继母了，她能改变你的父亲，真是不简单，我努力了十几年也没做到。”

“妈妈，请你不要说继母这两个字好不好，一听见我就心疼。我不喜欢这两个字，继母继母，也就是继续了母亲的任务，母亲不是可以替代的！”

“桔子，对人不要这样偏激，人都是有感情的，只要你真心待她，她也会捧出一颗心的。”

夏桔说：“妈妈，你曾经说过，作品里即使最复杂的角色，比起生活中的人来说也太过单纯。我觉得我已经很容忍了，吴云芳不是那么好相处的。”

“不要钻牛角尖，心要放宽，从小要学会宽待别人，只有宽待了别人，你自己才会快乐。你的奶奶和爸爸总是高要求别人，拿放大镜看别人身上的缺点，因为这样，他们才经常生气，家里每天都笼罩着阴云，一天很少有快乐和晴天的时候，我希望你不要和他们一样。”

夏桔说：“没办法，遗传的力量是巨大的，是不是我真的遗传了他们的那种苛刻？”

“如果你经常不快乐，那你就应该检查检查自己了，有些事过去就过去了，不要总把自己沉浸在过去的事情中徒增烦恼。有一个地方你需要向你爸爸学习：离婚的时候，他在我的面前一滴眼泪都没掉，而我却哭得死去活来，尽管离婚是我提出来的。可见他比我坚强多了。”

夏桔咯咯笑起来：“你终于承认爸爸还有比你强的地方啦！”

辛纯说：“我从没说过他一无是处，他身上的缺点多，优点也有，比如他知道疼孩子，孝顺父母，有时候说话很有哲理，工作卖力气，否则他不会做到副院长的位置。”

“妈妈，你在爸爸身上看到的优点比我看到的还多，你这样评价爸爸，使我很惊讶！”

“夏桔，你爸爸其实非常值得人同情，他是个悲剧性的人物，他小时侯没有充分地享受到母爱，所以，无论是身体还是心理都没有得到健康的发展。因此，要理解你的父亲，无论如何他是你的父亲，我希望你能体谅他。我虽然厌恶他，但不恨他。”

夏桔怔怔地瞅着自己的母亲，不知道该说什么好！

过去，夏桔总觉得父亲有点变态，又加之父亲的暴躁个性，和矮小的个子，使她对父亲一直抱着极大的厌恶，这种厌恶使她从小就不愿意把父亲介绍给同学，出去也不愿意提父亲的名字，懂事以后也从不和父亲拉着手上街，看见别人的父亲帅气高大、随和宽容她就羡慕，想到自己的父亲就自卑，也为自己身上流着父亲的血而痛苦，在这一点上她甚至对自己的母亲都有怨气，责怪优秀出众、文雅善良的母亲为什么会嫁给父亲这样的人，从而让不知情的自己拥有了这样的父亲。

辛纯说了一句更让夏桔震撼的话，辛纯说，人童年时期的教育能涵盖人的一生，从小塑造的脾气性格成人以后很难改变。辛纯劝夏桔好好和家里人相处，试着去理解爸爸，而不是去回避，去抵触。

今天夏桔才清楚地意识到，父亲的性格是小时候的家庭环境和教育环境塑造成的，要想改变，很难很难，现在只有自己去适应、去理解，而不应该像以前那样厌恶自己的生身父亲。

夏桔想：自己是父亲的女儿，并和爸爸、奶奶这样的人长期生活在一起，是不是也养成了一种褊狭苛刻的个性，心胸也缩水了？和母亲海纳百川的精神及修养很不相称，自己对父亲的态度是不是过分了点？她决定这个寒假回家过。

（十一）　特殊家庭

1.

夏桔回家过寒假，一踏进家门，就见一个男孩横在客厅的沙发上。茶几上乱七八糟地放着耳机、磁带还有一些零食。

男孩见了夏桔立刻从沙发上坐起来，问坐在身边的吴云芳："这是姐姐吗？"

吴云芳"唔"了一声。男孩站起来接过夏桔手里的包说："姐姐回来了，累吗？"这个男孩看起来也就是八九岁左右，但有一种和他的年龄不相称的成熟。夏桔知道了，这就是吴云芳的儿子，吴云芳离婚时儿子判给了男方。她听吴云芳跟爸爸念叨过，说她的儿子如何优秀、如何聪明、如何懂事。看来她说得还对，这男孩确实很懂事，对人还挺热情，不像吴云芳有一颗冰冷的心。

吴云芳将削好的苹果递给了薛宁，他又递给夏桔，夏桔瞅了瞅吴云芳，心里冷笑了一声，大方地接过苹果说："咱俩一人一半，这样好像更公平一些，否则我可真是受用不起。"

吴云芳听夏桔的话里有刺，立刻不高兴了，她想，这孩子原来默不作声，挺老实的，刚住了半年校就变硬气了，是不是她妈妈给

鼓捣的？不行，我得压压她这份硬气。

“你这孩子可真不会说话，一个烂苹果有什么公平不公平的，连一个苹果你都计较，以后不知道要争什么呢。”

夏桔一声不吭，站起来就向自己的小屋走去。

夏桔一推开自己小屋的门，就闻见了一股浓浓的男孩味，墙上挂着一把球拍，还贴了一些小学生们才喜欢的卡通人物画片，床上扔着乱七八糟的小男孩用品，写字台上摊着小学课本。

夏桔的心里悲凉起来，她忽然觉得自己已完全不属于这个家了，她已在这间屋子里见不到自己往日的痕迹。眼泪在她的眼眶里打转，但她极力地忍着，不让它们流下来，她想发脾气，但她不敢也不忍。不敢是怕吴云芳发威，不忍，是因为面前站着的这个小男孩有着和自己同样的命运，何况现在他是那么懂事、那么乖巧，一点也没有她妈妈那种理直气壮的样子。

这时候，夏子树走进屋来，他瞅了瞅夏桔，他知道夏桔肯定不高兴了，她从小就喜欢一个人单独住，每天用很长的时间来收拾屋子，用一些小艺术品来点缀自己的住处，她的小屋很温馨、很艺术……接她回来的路上，夏子树就想张口告诉她：她走以后，吴云芳就把儿子接来同住了，可他张了几次口都没说出来，他在接夏桔之前告诉吴云芳将夏桔的小屋收拾出来，让薛宁住楼下客厅旁边的客房。

夏桔的家是四室两厅的越式楼中楼公寓，所谓的越式楼中楼就是在楼房大厅的中间有八个台阶，台阶的下边有厅、厨房、餐厅、厕所和两个室，上去台阶之后还有两室一厕，这种房子是给城市里那些中产阶级住的，这种人买不起或者不愿意去郊区住别

墅，但又比一般的老百姓富裕，于是把楼分成两层，营造一种别墅的味道！

这个房子是夏子树和吴云芳结婚时根据吴云芳的要求买的。台阶下的两个室一个是夏子树的书房，一个做客房。台阶上的两个室，左边是他们夫妻的卧室，右边是夏桔的小屋。

因为台阶下的客房离大厅近，而大厅里边很乱，夏子树在医院里是管后勤的副院长，客人很多，薛宁来了以后，夏子树就对吴云芳说，夏桔是女孩，住在楼下不方便。就不要动夏桔的屋了，让薛宁住客房。

可吴云芳很生气，她说孩子都是一样的，凭什么我儿子得住楼下，你丫头就住楼上阳光明媚的好房间。

夏子树说："亏你还是妇联干部呢，一点也不知道体谅女孩子！"

吴云芳，这位在各种妇女会议上站在台前大道理一套一套的女科长此时却将眼睛一瞪说："你少用这套来压我，工作是工作，家庭是家庭。"

"没想到你如此虚伪！"

"是呀，我是虚伪，可你需要这种虚伪，不是我要上你这儿来的，是你把我追来的，用轿车把我接来的。"

夏子树立时没了脾气，躲在一旁自顾自地吸起烟来。

吴云芳说得很对，当初别人给他们介绍时，吴云芳一见夏子树就不同意，因为吴云芳没相中夏子树的长相。

吴云芳离婚时才三十一岁，白皙的皮肤，又在妇联做科长，条件不错。离婚后她发誓找一个各方面都很出色的男人，但事与愿

违，经她眼看过的男人没一个优秀的。长得潇洒的吧，社会地位低，社会地位高有能力的吧，长相又对不起观众。朋友们劝她："你的条件也太高了，哪有三四十岁的优秀男人或是没结婚或是死老婆离婚在那摆着供你挑的？优秀的男人一般离不了婚，老婆在那死死地掐住他，想离婚没门儿，下辈子见；死老婆的呢？三四十岁的男人都在做梦找大姑娘呢，你快降低条件吧！"

夏子树见到吴云芳后，被她的长相所迷，穷追不舍，实施了"五个一工程"：每天写一个邮件；请吃一顿饭；打一个电话；送一束花；每天去妇联大门口一次，接送吴云芳上下班。吴云芳一开始翻着白眼瞅他，但俗话说得好，男怕勾，女怕缠，在夏子树执著的死磨硬缠下，吴云芳终于败下阵来，投进了夏子树的怀抱。但她给夏子树立了三条规定：一是不与老人一起住，因为她听说夏子树的母亲很刁，第一次婚姻就是她给搅坏的。二是不与孩子一起住，因为她不想做后妈。她认为天下的后妈没有一个名声好的，后妈是个费力不讨好的职业，干脆一开始就不付出，不付出将来也不至于寒心。三是经济上必须她说了算。

对这三个要求夏子树是无条件接受，在这种时候让他为吴云芳去死他都干，更别说这三个小小的条件了！所以一开始他就安排夏桔去奶奶家住，奶奶虽然不愿意，觉得这吴云芳太苛刻，但为儿子的幸福她也只好暂时忍下……

夏子树只好自己安慰自己：找个年龄小的漂亮女人就得付出点代价，天下哪有十全十美的事！

夏子树比第一个妻子大八岁，比第二个妻子大十六岁，他当初和辛纯离婚时曾经对辛纯恶狠狠地说过："你有什么了不起的？

我再找个比你岁数还小、还漂亮的女人!”

辛纯说:“你找个幼儿园的娃娃跟我也没关系!”

夏子树实现了自己的理想!

夏子树让薛宁出去,他想单独和女儿谈谈。薛宁瞅了瞅夏桔,停住手里的活,知趣地走了出去。

“夏桔,薛宁和咱们一起住了。”

夏桔笑了:“咱们?咱们是谁?”

夏子树装做听不懂似的;继续说:“你在家只住一个寒假,所以就暂时住在客房吧,否则要把薛宁的东西全搬出去太麻烦。”

夏桔说:“无所谓,住在哪儿都一样。”

见女儿这么懂事又痛快地答应了,夏子树非常高兴,他立刻说:“爸爸这就去给你做拔丝土豆。”

夏桔最爱吃拔丝土豆。

夏子树一走出去,夏桔的眼泪就流出来了。是呀,有个地方能容下自己这小小的身躯就行了,还需要什么单独的房呢?自己想得太奢侈了。

在夏桔带回来的东西中有一把蓝色的吉他,这很让薛宁感兴趣,他非常崇拜会弹吉他的姐姐,夏桔给他弹奏了一首很好听的曲子,两个孩子沉入在乐曲中,忘记了刚才的不愉快。因为薛宁的关系,家里的日子很平静,夏子树很欣赏薛宁,他感到奇怪,那么粗暴的吴云芳,怎么会生出薛宁这么通情达理善解人意的孩子。

这种平静的日子只延续了十多天。腊月二十八那天,薛宁的

爸爸忽然出现在夏子树的家里，他要接薛宁回家过年。

因为吴云芳不在家，夏子树一个人做不了主，他要求薛宁等他妈妈下班回来再走，可他爸爸坚决不同意。儿子是人家的，夏子树也没有办法，只好放行。

吴云芳回来后，知道儿子走了，恼羞成怒，她给薛宁的父亲打电话，在电话里两个人吵起来，她对着电话毫无教养地破口大骂，夏桔皱着眉头厌恶地瞅着这个丑态百出的女人，心里非常恶心。

吴云芳骂完了前丈夫又骂现丈夫，她认定夏子树一定是给儿子委屈了，否则薛宁不会同意跟着他爸爸走，她说薛宁在他爸爸那过得不愉快，他后妈又生了孩子，薛宁的命可真是太苦啦。说完她就呼天抢地地哭，夏子树无论怎么解释也不听。

夏子树本来就脾气暴躁，见吴云芳如此耍泼，怒从心升："他妈的，你儿子命苦还不是你这个母夜叉造成的。"说完转身就抱起一盆花狠狠地砸在地上。

吴云芳像疯子一样扑上前去，两个人抓挠到了一起。

腊月二十九日，吴云芳放年假，她赖在床上，不洗不梳也不干活，一天三餐让夏子树和夏桔侍候，没有亲儿子的春节让吴云芳对什么都提不起精神，还过什么狗屁年啊。

除夕下午，吴云芳让夏桔给她浸一块热毛巾，夏桔把热水倒在盆里把毛巾浸湿，拎出来稍微拧一下便叠成长条小心翼翼地敷在了吴云芳的头上，吴云芳"嗷"的一声，愣说夏桔不怀好意想烫死她。夏子树也以为夏桔真的是有意的，便厉声责怪夏桔。

夏桔回到自己的小屋，哭了好长时间，她觉得这个家真像地

狱一样，她真的无法再呆下去，今天是所有的中国人合家团圆的日子，而她夏桔却在这里忍受委屈和不公平。

夏桔简单地收拾了一下行李，趁着吴云芳和夏子树说话的空儿悄悄地走出了家门。

（十二） 流浪的除夕夜

1.

街上很冷，凛冽的寒风一个劲儿地往衣服里灌。夏桔裹紧大衣，漫无目的地在街上行走，她不知道自己该向哪里走。

游逛了一会儿，夏桔看见了电话亭，她本能地走进电话亭，按了母亲的号码，电话通了，母亲的声音立刻传了过来："喂，您好，请问您找谁？"

夏桔听了，立刻又将电话挂上。

夏桔哭了，今天是年三十，自己这个时候给母亲打电话，母亲一定会着急的，而今天去她那个城市的火车时间已过，既然去不了，又何必让她担忧，影响她也过不好年呢？

夏桔又往朵莱家挂电话，在放假前朵莱曾经跟夏桔说过她可能回草原过年，夏桔怀着一线希望盼着有人接电话，只要有人接电话就说明朵莱没回草原，可是夏桔一连按了三次也无人应答，她只好将电话挂上。

夏桔又给程青青家挂电话，正巧程青青接的电话，程青青放下电话后，立即开上奥迪向夏桔所在的电话亭奔驰。夏桔被程青

青接到了程家。

一走进程家，夏桔被程家的阔气惊呆了！

在这座具有欧洲风味的别墅里，花园、游泳池一应俱全，幽房曲室，回环四合，壁砌生辉。楼内既有现代时尚的装饰，也有古典浪漫高贵的玉栏朱盾。

如果说蓝宝石富丽堂皇，那这里就是在富丽堂皇之上，又增加了一些典雅的古风。那些古今中外的名人字画，那些金彩珠光的各色古瓶，那些玲珑剔透的美玉奇石，那些雕镂奇绝的花架屏风，每一样都显示着主人不同寻常的富贵和儒雅。

程青青的母亲一见到夏桔就非常喜欢，她安排佣人给夏桔收拾房间，她对夏桔的到来很欢迎。看得出来，程青青的妈妈是受过高等教育的，很美丽，但不失大方与得体，一看就是一个有教养的人。她说自己早就听说夏桔是个好孩子，她希望夏桔能影响程青青。

程青青的母亲细高挑的个子，一头披肩长发，人长得清秀漂亮，大眼睛一闪一闪的，冷眼一瞅像一个尚未结婚的姑娘。夏桔想，矮胖的程青青怎么一点都不像她的娘？难道……

程青青见夏桔呆呆瞅自己的母亲，忍不住乐了："夏桔，我知道你在想什么。"

夏桔不好意思地将目光从程青青的母亲身上挪开，支吾着说："我……我是想你们家真漂亮。"

"不对，你是想漂亮的妈妈怎么会生出个丑八怪。"

夏桔说："这可是你自己说的！"

程青青说："唉，不管是谁说的，可惜这是事实，一会儿你就能

找到我的原版啦!”

正说着，一个戴眼镜，挺着大肚子的矮胖子走了过来，程青青喊:“老爸，这就是我跟你说的夏桔，我请她在咱们家过年!”

矮胖子立刻堆起满脸笑说:“唔，欢迎，欢迎，快把你的小朋友安排到客房去。刘妈，你领她去住三楼最南边的那间客房，那间房最亮堂。”

“老爸，不用你劳心了，她和我住二楼，妈妈已经安排好啦。”

夏桔抿着嘴笑了:“这就是你的原版啦!”

程青青一耸肩一瞪眼，做了一个无可奈何的滑稽样，那样子表现出对自己的原版非常不满意，但又没办法。

夏桔的房间在二楼，和程青青的房间紧挨着，外间是客厅，里边是卧室，卧室后还有一间很大的浴室，浴室里又有一间小巧的厕所。房间里的高档家俱一应俱全，最舒服的要算那张水床了，程青青说这张水床值四十万。

程青青的房间比夏桔的房间还要高级一些，里边有一间大大的书房，书柜里摆着各种版本的名著，全是精装的。夏桔看了一下，几乎自己能想起来的名著这里全有。夏桔歪头看看程青青，不觉惊呆了，真是人不可貌相呀!

程青青看夏桔那样，不觉哈哈笑起来:“这都是我爸爸一厢情愿，他想把我培养成学问家，可惜他的女儿除了对算卦和神秘文化有兴趣外，对其他方面的书一点也不感兴趣。可怜这些书一直就寂寞地呆在这里边。唉！它们一定都十分的怀才不遇。要是放在你的家里，一定会把你培养成哲学家。”

夏桔说:“你也不要过高地评价它的作用，其实名著并不会引

导一个人成为有独立思想的人。”

“夏桔，你要是喜欢就随便拿。好了，你现在快去洗个澡吧，洗完澡咱们一起吃点东西。”

程青青说完就喊刘妈，让她给夏桔准备洗澡水。

夏桔在程青青家过的除夕，这个除夕是她长这么大过得最富贵的一个除夕，除了自己用筷子往嘴里送东西吃，她在这个家里事事都有人侍候，洗脸有人递毛巾，刷牙有人挤牙膏，洗澡有人搓身子……

她第一次理解了懒虫程青青，程青青就是这样被培养出来的，别说动手，连脑子都不用动。夏桔像刘姥姥进了大观园一样，深切地感受着程家不同一般的富裕。

从大年初一开始，程青青的父母就几乎不在家了，他们频繁地忙于各种应酬。夏桔没事就上网聊天或者和程青青算卦玩。

夏桔有点不相信程青青的相术，她更相信网络。程青青就顺着她，教她怎样进“sohu”网去寻找那些神秘文化的网站。

呵，神秘文化网站可真是不少，什么“尘中书屋”“占卜大观园”“玄学时空”，什么“紫竹林”“异形空间”“玄奇世界”……多得数不清。

程青青让夏桔到“天下名站”里去测查一下自己的名字，看看“夏桔”这两个字做名字好不好。

夏桔很感兴趣，她问怎么去寻找“天下名站”？程青青说：“你先进 sohu，找到‘社会文化’，然后再打开‘神秘文化’里边的‘天下名站’。你可以把自己的名字输进去，看看你的命运如何。我过去给你算过，你的名字不好，此数中人，需临万难，越死线，总体命

运是凶，混沌未定的分离破灭数，你改改名吧，'天下名站'也给免费起名！"

夏桔不相信自己的名字会那么糟，程青青说不信你就进去看看。按着程青青说的方法夏桔果然找到了"天下名站"，她把"夏桔"两个字输了进去，自己的基本命运立刻被电脑做了解释：

夏桔，女。

健康：大多破家病弱，先天缺金者，可望平安。

基本命运：属波澜重叠、数奇变怪的英雄运格；赋性颖悟，富有义气侠情；然而变动常多，风波不息；此数中人，临万难，越死线，而奏大功者有之；力不足，随波逐流者亦有之；又可因为他格的配合，或陷放逸、淫乱、短命，或者丧配偶，衾褥生霜，或丧子女，膝下零丁。属大都不得顺境的凶运。怪杰、烈士、伟人反而有出其数者。

基业：劫财，破灭，灾危，破家，红艳，变迁，美貌。

家庭：亲情疏远，夫妻应相互理解，则免别离之苦。

夏桔仔细阅读之后说："都是胡扯的、唯心的、蒙人的东西，我可是一个唯物主义者，我才不信呢！"

程青青说："其实周易绝对是科学，是经过千百万年历史检验的，只是现在的人破译不了。人类就是这样，自己解释不了的东西就不承认，可恶！"

夏桔说，我相信《周易》，但我不相信现在的解释者，有些个没有多少文化的老头老太太们坐在大街上也用周易来骗人，网上也不乏其人。

程青青说："那你认为'天下名站'也骗人吗？"夏桔说我没那

样说，神秘文化的网站多得数不清，里边良莠不分，肯定有假的，也有对周易研究得不错的，但咱们分不清，所以我只好什么都不信。程青青摇着脑袋说："不管是真是假，你就把名字改一改吧，这对你没有坏处。"夏桔说："我不改，这是我妈妈给我起的名字，我母亲是个唯物主义者，她不信迷信，再说了，大灾大难都经历过了，我还怕什么！"

程青青摇着脑袋神经兮兮地问："你经历了什么大灾大难？你才多大？"

夏桔不吭声，心里想，父母离婚对任何孩子来说都是大灾大难！

程青青见夏桔不吭声，心里很不高兴：不够朋友，什么都保密。

夏桔问程青青："听你天天念叨奶奶，我怎么没在你家见到你奶奶？"程青青说，我奶奶年前去了我叔叔家，我叔叔在加拿大，你当然见不到了。

2.

初六这天，程家在自己的豪华酒家里宴请各方人士，夏桔和程青青也去了。

宴会前，客人都聚在一个富丽堂皇的大厅里说话、跳舞。

微微颤动、闪闪烁烁的灯光和发光的地板以及那些低垂的紫色帷幔伴随着优美的音乐给人一种迷离恍惚的感觉。一些身着盛装的女人在温和的光线中挽着一些男人在跳舞，大厅里香风

弥漫。

程青青如鱼一样游弋在人群中。和那位阿姨勾勾手，和这个叔叔挤挤眼，这些人她都认识，而且看起来关系很亲密。

程青青看夏桔傻呆呆地坐在那里一个劲地吃点心，便走过来说："别吃这些破点心，这会让你发胖的，来，我给你介绍介绍这些人！"

夏桔摇摇头，她对这些人没兴趣。

程青青用手点点一个长相很潇洒的中年男人说："这个人你肯定感兴趣。"

夏桔瞪了程青青一眼："我凭什么对他感兴趣。"

"他是市委书记。"程青青说。

"我凭什么对市委书记感兴趣！"夏桔嘴上这么说，心里还是十分惊讶，市委书记来参加程家的宴会，程家的面子可真够大的。

"他是张峥的爸爸。"

夏桔听了程青青这句话，浑身哆嗦了一下，她转过头去寻找，看见那个潇洒的市委书记……不，是张峥的爸爸！他正和程青青的母亲跳快三步舞。

不知为什么，夏桔的心里忽然涌上一种酸涩的滋味，他的父亲怎么会是市委书记，怎么会！怎么会！他是那么的优秀，是那么的出众，那么的坚强，那么的阳光，他的家庭却是达官贵族。在夏桔的心里，张峥的家应该是那种普普通通的，不显山不露水的平常的家庭。她完全没有料到，她感到了一种深深的失望。

"夏桔，今天来的这些人全是我父母的朋友，他们常来我们家

做客。

夏桔对程青青的话一点也不感兴趣，她的眼睛一刻也没离开过张峥的父亲。宴会还没真正开始，夏桔就要回家，程青青还没疯够，她让司机先把夏桔送回家。

（十三） 奇遇

1.

夏桔回到程家，跳进浴缸，把自己深深埋在泡沫之中，泪水蜂拥而至地流了出来。

这是她自年年三十儿离开家后第一次单独面对自己。这几日，她生活在程青青的情谊之中，生活在程家所给予她的热闹之中，似乎将一切都忘记了，家庭的烦恼，还有对于张峥的那份幻想，而今它们又像潮水一般向她涌来。如今程青青所带给她的这一切，更深切地让她感到了孤独，不！还有自卑。这使她清醒地认识到，自己完全不属于这个群体，自己和张峥根本没生活在一个阶层里。从小母亲就告诉过她："人以群分，物以类聚。"父母正是不遵守这个生活原则，婚姻才以失败告终。母亲作为农民的女儿进驻了奶奶这个城市干部的家庭，因此母亲受了奶奶多少压迫！奶奶的整个家庭对母亲都是趾高气扬的，尽管母亲很优秀。

夏桔此时才意识到，她和张峥根本就是两个世界的人，她往日的那些个美妙的幻想只是一个泡影而已。知道了这些，她更加难受，更感到孤立无援，她的小小的心像被人抓碎了一般痛苦

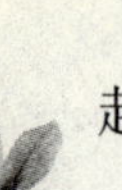

起来。

初八这天，程青青决定在家里开 party，并拿出了自己的一万元零花钱交给了一个仆人。初七晚上她打了整整三个小时的电话，还说没叫够人："该死的，一到过年就走的走、散的散，打电话都没人接。还好，别墅区里的几个哥们儿姐们儿都还能来。"

初八早上，程青青说："夏桔，这次 party 可是为你开的，你可要高兴点。"

夏桔强打精神地换了一身衣服，但她对程青青说自己不想出去迎客，先去厨房帮忙做点心。程青青说好吧，等人都到齐了，你再给他们一个惊喜也好。

得到程青青的允许，夏桔就穿上围裙上厨房去了。厨房里三个佣人正在忙乎，夏桔对刘妈说自己想洗菜，刘妈说洗菜把你的小手都泡坏了，你要是愿意就帮我往盘子里摆点心吧！

刘妈爱怜地一眼一眼看夏桔，忍不住问了一句："孩子，你怎么不在家里过年！"夏桔说自己的父母都出差了！

夏桔奇怪自己说谎竟然这么流利，而且一点都不脸红。

"唉，可怜的孩子，大过年都不能和家里人团圆。"

刘妈叹了一口气说。

夏桔一声不吭，将头转了过去。

刘妈瞥了夏桔一眼，发现这孩子眼圈发红，忙闭住嘴巴。

这时候，程青青跑了进来，打掉夏桔手里的点心说："人都到齐了，快走。"

夏桔走到程家大客厅时，发现有二三十个少男少女或坐或立地正在嘻嘻哈哈地说话，一见她进来，立刻有几个扑了过来，嘴里

喊着："夏桔新年快乐！"夏桔一看原来好几个都是同学。

米诺像好朋友一样勾住夏桔的脖子："哈，让我嫉妒死了，你怎么不上我家去住？不行，今天就得跟我走，上我家去住。"

"程青青，你行呀，夏桔在你这儿住，也不和咱打个招呼，你是不是想金屋藏娇呀！"

乔志打了程青青一拳。

"我就怕你这强盗入室来抢劫夏桔！"程青青说。

大家哈哈大笑。

米诺这时将夏桔拉出圈外，两人各端了一杯果汁向阳台走去。在程家二楼的大阳台上，摆着四张白色的茶桌和一些藤椅，是客人们聊天休息的另一个去处。夏桔撩开阳台和客厅的帷幔，一眼就看见张峥端着一杯果汁正背对着她向花园里眺望。夏桔的心跳加速，迅速地放下帷幔又走回到客厅里，她找了个角落静静地坐在那里。

米诺看了看夏桔反常的举动，耸了耸肩，一个人向张峥走去。

"哇，张大公子，春节可否快乐？"

张峥转过头说："快乐无比。"

米诺说："听起来好阳光呀！"

张峥说："那是！我生活在阳光普照的年代里，我心里当然阳光灿烂了。"

"谎言，我就不信你的心里没有阴暗的时候！"米诺挑战地说。

"我并没有在前边加定语，天还有阴有晴的时候呢，何况人呢？人心比天丰富多了。"张峥说。

"这还差不多，不过，我相信你今天的心情会阳光灿烂，不，你

会感觉到春光明媚。”米诺眨眨眼神神秘秘地说。

张峥不明白米诺话中的意思，他说阳台有点凉了，咱们还是回屋吧，说着两个人一前一后地回到屋里。

张峥进屋后第一眼就看见了角落里的夏桔，他微笑着向夏桔走去，可夏桔不知道为什么，淡淡地瞅了他一眼，立刻将头转向另一边，并和乔志亲热地聊起来。

张峥尴尬地找个座位在距离他们几步远的地方坐下了，他的眼睛盯着夏桔，心里感到很生气：她怎么啦？连招呼都不打，仅仅隔了二十多天就不认识啦。

乔志这时候发现了张峥，他抛下夏桔向张峥这边靠拢，张峥是乔志崇拜的偶像，以前他就想找机会和他接近，可惜他没找到，今天这好机会，他怎么能错过？

这时候，几个别墅区的富家男孩都发现了夏桔，他们纷纷向夏桔靠拢，殷勤地讨好夏桔。

张峥一边和乔志有一句没一句地搭讪，一边观察着夏桔的动静。

乔志看张峥的心都在夏桔身上，便说：“夏桔在程青青家过的年。”

张峥立刻将头转过来：“是吗，她在青青家住几天啦？”

“说是从年三十儿就来啦，一直到现在。”

“她为什么不和父母一起过？”

“谁知道呀？夏桔像有好多心事的样子，她的家庭一定有什么问题，她不说，大家也都不好意思问。”乔志没告诉张峥，夏桔在学校因张峥而被批斗的事，但乔志想，夏桔不在家过年一定和这

件事有关系。

张峥撇下乔志向夏桔走过去，夏桔见张峥向她走来，立刻站起身向洗手间走去，她不愿意跟他说什么。

夏桔在洗手间，张峥就站在洗手间外不远的地方等她。过了一会儿，夏桔以为张峥走啦，便拉开门走了出来，一抬头发现张峥就在那正盯着她，她转身向另外的方向走，张峥上前一把将她拉住，用很厉害的声音说："你怎么啦？"夏桔背对着张峥不吭气。

"你为什么在别人家过年？"

夏桔还是不吭气。

"请你告诉我！"张峥好像在下命令。

夏桔转过身："这与你好像没有关系。"说完冷冷地走了。

整个一天他们没再说过另外的话，只远远地站着盯着对方，夏桔的脸上冷冷的，看不出一点点表情。

米诺耸耸肩膀对乔志说："明明喜欢人家，还偏偏在那端着！"

乔志说："人家夏桔这是在守株待兔，我敢打赌，若是换了你，你肯定是主动出击。"

张峥问程青青：夏桔上你家住，她父母是否知道？

程青青说不知道，夏桔和她家里的关系一直紧张，具体情况夏桔也没说。张峥跟程青青要夏桔家里的电话号码，程青青说不知道，张峥又问夏桔父亲的名字，程青青说叫夏子树。

程青青紧张地说："你可不要通知她父亲来我家找她，要是那样，夏桔会恨我，以为我在赶她，我觉得像夏桔这种要面子的人，不到万不得已，她是不会在大年三十儿向我求援的，她的心一定很苦！"

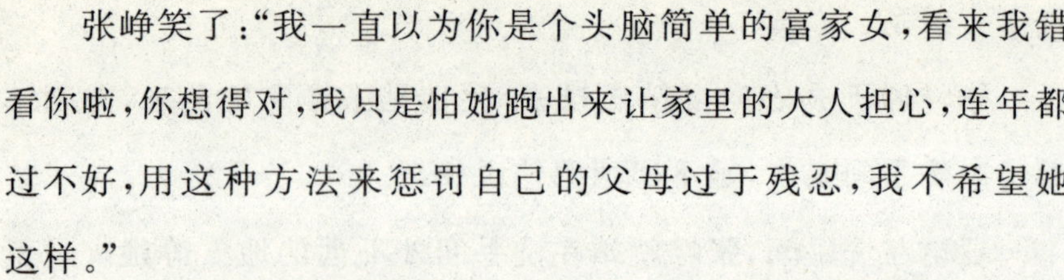

张峥笑了："我一直以为你是个头脑简单的富家女，看来我错看你啦，你想得对，我只是怕她跑出来让家里的大人担心，连年都过不好，用这种方法来惩罚自己的父母过于残忍，我不希望她这样。"

"夏桔是个非常有感情的、有良心的人，她这样做肯定是不得已的，我同情她，请你不要给他们家打电话。她住在我这儿很好，我爸爸妈妈说夏桔好可爱，他们想认她做干女儿，让她永远住在我家，一直到升上大学。他们认为有夏桔在这儿，我这个疯丫头乖多啦，不再天天出去疯跑了。夏桔每天还帮我复习功课，她们合作得非常好，在她的逼迫下，每天晚上睡前我也开始读一些文学名著啦，你别说，还真挺有意思的。"

2.

第二天上午，张峥往程家打电话，他对程青青说他想跟夏桔单独谈谈。程青青说我怎么跟夏桔说，她这个人那么骄傲，肯定不同意。

张峥刚想说你去告诉她吧，她会同意的，但昨天夏桔那冷冷的面孔又浮现在他的眼前，他立即打消了自己的这份自信，改口说你不要告诉她，你只要上午别把她带出去，好好在家等我，我一到，你闪出去就可以啦。说到这里，张峥又问了一句："你父母在家吗？"程青青说自己的父母晚上回家的时间都极少，更别说白天啦，他们忙于公司和应酬，有时吃住在公司，这个家只是程青青个人的，父母就像皇帝一样，每个月回来接见她几次，陪她吃几次饭，仅此而已。

张峥说这些我都知道，你就别罗嗦啦，我这就去。

张峥来时，夏桔正在程青青的书房里她在看一本小说——《拯救懒女泡泡》，她看到那个叫泡泡的胖女孩正在自己喜欢的男孩米来面前纠缠耍赖，小说写得语言机智，故事非常吸引人，夏桔边看边笑。

夏桔太专注了，张峥进来她也没发现，仍然自顾自地在那埋头傻笑。张峥也不去打扰她，坐在沙发上静静地欣赏着夏桔傻笑时那甜甜的样子。

程青青轻手轻脚地将书房的门反带上，溜了出去。

这时，屋里的电话铃忽然响了，夏桔头也不抬说："青青，接电话。"

没人吭声。

夏桔抬头找程青青，忽然看见张峥笑眯眯地坐在面前的沙发上，她一愣，随即就把身子靠在椅子上，两只小胳膊在胸前反绞在一起，将眼睛闭上了。张峥看见她那个样子，忍不住"扑哧"一声笑了。

"你笑什么？"夏桔睁开眼睛问。

"我也不知道自己在笑什么。"张峥说。

"你在笑我！"夏桔将眼睛睁大说。

"你有什么好笑的，看你那冷冷的样子，我哪里笑得出来，我都想哭。"

夏桔又将眼睛闭上，半天才自言自语地说："哭这个词是给我这样的人创造的，你的生活只会有阳光，怎么会有眼泪呢？"

"告诉我，你为什么不在自己家过年！"

张峥又像在下命令。

“这件事跟你好像没有什么利害关系。”夏桔硬邦邦地甩过一句话，噎得张峥半天没吭声。

过了一会儿，张峥站起来说：“夏桔，这件事跟我是没什么关系，但你要明白，这是我对你的关心，不管你愿意不愿意听，我还是劝你一句，告诉你父母一声，即使不回家住，也要告诉他们，我肯定他们现在正在满世界地找你，如果你连这点责任心都没有，算我看错你啦！”

张峥说完转身就走了。

夏桔看见张峥走了，忽然难受起来：“走，永远走。”她嘟囔着，泪水流了下来，她没想到张峥会走，她以为他会留下来，与她交谈，她嘴上虽然很硬，但心里却希望他能够留下来。

她打开窗子见张峥正怒气冲冲地向外走，她想招呼他回来，但自尊使她无法开口，她不明白自己为什么一遇到张峥嘴巴和心就唱反调。

晚上，夏桔拨通了奶奶家里的电话，奶奶和爷爷年龄大了，她不想让他们为自己担惊受怕。

奶奶一听是夏桔的声音，立刻劈头盖脸地骂起来：“你想气死我和你爷爷呀，为你我们操碎了心，你是个自私又顽固的孩子，和你那死妈一个样子，立刻回去，给全家赔礼道歉。”

说完，奶奶“嘭”的一声将电话扔下。这边的夏桔早已哆嗦成一团，程青青抱着她说：“夏桔夏桔，你别紧张，来，坐下喝一杯水。”

“你奶奶怎么能这样！八九天不知道孙女的下落，知道了竟

然这么凶，这是什么家庭呀，我要是你，早同他们断绝来往了，呸！老灯！“

程青青管刁钻的老人都叫老灯，意思是亮不几天啦。

过了不到十分钟，夏桔父亲的电话就打过来，夏桔忘记了奶奶家的电话有来电显示功能，一定是奶奶把电话号告诉了父亲。

夏子树气势汹汹地审问接电话的程青青："这是谁家？夏桔在你们这干什么，你是干什么的？"

程青青示意夏桔接电话，夏桔不接，程青青碍于夏桔的面子对夏子树的审问尽量不发火，但她不告诉夏子树实话："这是公用电话亭，夏桔是谁，我不知道。"

（十四） 陪伴孤独

1.

夏桔最终还是被父亲接回了家。

回到家的夏桔一直很忧郁，她不愿意瞅吴云芳的冷脸子，她哀求父亲让她上空房子里去住，让自己安静地度过这个假期。

空房子是过去的老房子，吴云芳在和夏子树结婚前提出一个条件：必须新买一个一百四十平米以上的大房子，她嫌夏家的房子小，更重要的是夏子树的前妻曾经住过，她不愿意住前妻住过的房子、用前妻用过的东西。虽然她没见过辛纯，但她听别人说辛纯是个文静又有才气的女人，只是夏子树不珍惜。吴云芳听了这些心里很不舒服，嫉妒咬着她的心，有才气管什么，又不当吃喝！为了让吴云芳快点和自己结婚，夏子树就又买了新房子，原来的房子就租了出去。但在前几天，租房的那个人忽然搬走了，所以房子现在就空了出来，夏桔一直想去住，夏子树不同意，他怕大正月的让女儿出去住会遭人耻笑，但现在看来，吴云芳也实在容不下夏桔，那就让她过去住吧！

夏子树把旧房子收拾收拾，就把夏桔送了过去。他对夏桔

说，在这里住可以，但必须回家吃饭，当然了，早餐可以随便买一点。他给夏桔留下1000元钱，然后威胁夏桔说，不许跟辛纯联系，要是胆敢联系，就不让她住在这里，夏桔点点头。

夏子树走了以后，夏桔趴在软软的大床上高兴地泪流满面，这就是我的家了。

一种从未有过的轻松感涌上了夏桔的心，她真希望这座房子能够属于自己，让自己永远住在这里，再也不回那个所谓的家了，不去见吴云芳，不去见爸爸。说心里话，她觉得现在对父亲已经越来越陌生了，她希望自己将来考上一个离家远一点的学校，最好在天涯海角，她没有条件回来，家里人也没办法去，一个人平静地在远方生活一辈子。

中午，夏桔没有回家吃饭，夏子树打来电话问她为什么不回去，夏桔说我得复习功课，来回跑太耽误时间。夏子树听了没吭声，看来是默许了，因为理由充足。吴云芳巴不得夏桔永远不回家呢，夏子树说夏桔在那头自己吃会多花钱，吴云芳说在家吃不也得花钱吗？她心里想，反正你得把工资如数交给我，多花的部分你自己去想办法，我才不管呢。

夏桔于是理所当然地在老房子里自己做上了饭，一开始她觉得很好，但几天过去，孤独感悄悄地爬上了她的心。老房子里没有电视，她除了看书就是做饭吃，觉得日子很单调，于是她就靠上网或者给朋友们打电话和上街散步来消磨时间。

一个周末，她去商店买东西，看见一个戴眼镜的老人提着一个笼子，笼子里有两条土黄色的小狗，那条小一点的懒洋洋地趴在笼子里，小眼睛哀怜怜地瞅着夏桔。看见这条离开妈妈的可怜

小狗，夏桔想起了自己的命运，内心涌上了一种同病相怜、想保护它呵护它的冲动。夏桔平日里很看不上那些养狗的人，她认为那些人都是很无聊很空虚的人。米诺养了一条狗，米诺一说起自己的小狗就眉飞色舞，夏桔就不理解，她觉得米诺简直就是变态！

卖狗的老头看夏桔盯着小狗不动，连忙替自己的小狗做宣传工作，他说这条狗是正宗的京巴，如何聪明如何精灵如何忠诚如何温柔可爱如何能给人做伴，如何卖得便宜。看见夏桔抚摩着小狗有点心动，老人又介绍自己的经历，他说自己原本是一个国营大工厂的工人，后来下岗了，只好靠养狗来维持生活 。

夏桔听他这样一说立刻决定买这条狗。她将钱递给老人，连价也没讲就抱着小狗离开了老头。夏桔平日很同情那些下岗工人，夏桔想，买下吧，就算自己对下岗工人做一点贡献！

老人在后边喊她说："少喂油水大的食，有事给我打电话，我的电话是……"

夏桔给小狗起名叫毛球，只一个上午，毛球就知道了自己的名字，每当夏桔喊毛球时，它就摇着小尾巴欢快地跑到夏桔的身边。夏桔把一些小物件扔到远处，叫它去拿回来，它就奔跑过去叼着送到夏桔手上。有时候它也逗夏桔，叼着东西呜呜叫着在夏桔的身边绕来绕去，等着夏桔说好听的话："好毛球了，给我吧，给我吧。"这时候它才将东西放到夏桔的手上 。

晚上，毛球和夏桔一起出去散步，一开始毛球走不了多远，见着小孩子就跑过去跟人家玩。大院里的小孩子都很喜欢毛球，一见它出去就一哄而上，抱的抱、拍的拍、叫的叫，大人们也夸毛球长得像小肉球似的。时间一长，毛球可能嫌烦了，对陌生人很少

理会，只要夏桔在前边走，它就始终跟着夏桔的脚后跟走，夏桔走，它也走，夏桔停，它也停，小孩子们叫它喊它，它就像没听见一样，谁也不理，眼里只有夏桔。

毛球刚来时好像什么都不喜欢吃，就知道睡觉，这可急坏了夏桔，一个电话号码忽然在她的脑子里出现，是那个老头留下的。夏桔立刻就拨打这个号，果然是养狗人的号码，他问夏桔给小狗吃的是什么，夏桔说给它的是香肠、牛奶和肝，养狗的老头哈哈笑起来，他说，你养的是一条穷人家出身的穷狗，它小时候从没吃过这些东西，它每天吃的是棒子面粥，就是这种粥它一天才吃两顿，我们自己都没有牛奶喝，哪有钱给它买牛奶喝，所以它对那些贵族吃的东西还不认识，你快去给它买棒子面吧，让它慢慢适应你们家的生活。

夏桔立刻跑到粮店里买了斤棒子面，做成粥，夏桔尝了尝，哇，一点特别的味道都没有，这也太委屈毛球了，她又掺了点白糖，毛球摇着小尾巴欢快地吃起来，那样子就像吃山珍海味，夏桔唉声叹气地叫起来："唉，可怜的毛球。"

那以后，夏桔就把肠、肝肉等东西切碎了放在粥里，后来干脆就什么也不掺，直接喂它香肠、牛奶和小屉肉包子。哎，没想到，这毛球是越吃越馋了，它生病时，夏桔想再让它吃点清淡的玉米面粥，它连闻都懒得闻了。

毛球还不足两个月，牙都还没出齐，可是夏桔怕它乱拉乱尿，急于给它养成好习惯，因为米诺在电话里告诉她，小狗在小时侯乱拉乱尿，你就得打它，让它记住，否则大了以后习惯就不好改了。所以，她给毛球在厕所里准备了一个小鞋盒，里边还放了点

土，在毛球要拉屎尿尿时她就把它赶进去。可是毛球很少听从夏桔的指挥，大多数的情况下它都随意地拉尿，夏桔只好把客厅里的地毯卷起来，夏桔对毛球说求求你了，你就别乱拉乱尿了，木地板也怕你的尿呀！

毛球看看夏桔，伸出两只小爪子抱住夏桔的腿，它用力地摇小尾巴，那样子好像在道歉。

毛球后来改了点毛病，至少它不往地毯上尿了，拉屎时到处跑着找地方，只要给它拉开门，它就跑出去拉尿。

可是如果夏桔不在它身边 ，不给它拉开门，或者发现得不及时，它仍然会拉尿在屋里，这时候夏桔就会打它，打得它到处逃窜，哀叫着，可怜巴巴地瞅着夏桔，可是夏桔绝不手软。每当它犯错误时夏桔就会举起无情的巴掌。

有一天早晨，夏桔领着毛球去河边的大堤上散步 ，看见有三十多条狗在大堤上奔跑欢叫。它们的主人们有的在旁边锻炼，有的在后边聊天，小狗们一看见毛球都围了上来，先嗅它的嘴，又嗅它的屁股，毛球吓得夹着小尾巴往夏桔的身后躲，想寻求夏桔的保护，可是夏桔不想保护它，夏桔想锻炼它的胆量，夏桔就把它推到狗群里，让它在群体里玩。

有人说你这孩子怎么买了一条这个颜色的狗，不好看，也肯定不是纯种的京巴，狗不纯就不聪明；也有人说你这条狗是春狗，俗话说“春狗秋猫，性命难逃”，它不能吃肉，不好养。

夏桔倒不在乎什么颜色，什么纯不纯的问题，她认为自己的毛球是最聪明、最好看的，但是她对毛球能否活得长却很关心，她刚刚听说春天出生的狗不好养，狗有翻肠的习惯，尤其是春天出

生的狗，如果肉吃多了，就翻不过来肠，翻不过来肠，狗就会命丧黄泉。

夏桔有点担心，再喂毛球时她就尽量喂一些清淡的东西，可是看见毛球那可怜巴巴的小样子她又不忍心不让它吃肉，她的担心又有点动摇，她对别人的话开始怀疑，她觉得活蹦乱跳的毛球怎么会死呢？怎么会离开她呢？于是她还是不停地给毛球买肉吃。夏桔和其他的狗的主人们探讨怎样给小狗养成良好的排便习惯，有人说得狠狠地打它，也有人说狗太小，还不懂事，就像人一样，几个月的孩子拉尿都得随意，你能狠狠地打一个婴儿吗？那以后夏桔再也没打过毛球，是呀，毛球还是一个小小的婴儿，自己怎么说打就打呢？夏桔很为以前的行为后悔。

有一天，夏桔给毛球一个鸡头，原以为它啃完鸡头上的肉就不会再啃了，谁知道毛球把整个的鸡头都吃光了。吃完鸡头后，夏桔带毛球去城里最大的广场上玩，毛球喜欢广场上的绿草地，每次来都在草地上撒欢，一会奔跑，一会趴在那里蹭脸，摇着小尾巴呜呜地叫，夏桔在草地边缘跑，毛球也跟着跑。草地上也有几只狗，其中有一家三口带了两只狗，一只三个月的，那只狗长得很大也很丑，毛球既怕它，又想和它玩，人家不理它时，它就逗人家，人家起来追它，它又赶紧逃跑。那只小的狗才一个半月，白色的，长得弱小又可爱，它一直躺在主人的怀里，看得出来，主人很宠爱它。

这一个晚上是毛球一生中最欢快的一天，也是留在夏桔记忆中毛球最后一个活泼的日子，那以后毛球留给夏桔的就是伤痛了。

就在那一天的深夜，一声尖利的哀鸣把夏桔惊醒，夏桔惶惶地跑出去，她看见毛球缩在一个角落里正在哀鸣，旁边是它拉出来的一块块碎鸡骨头，忽然毛球向另外的地方窜去，像见到鬼一样，然后就在地板上蹭屁股，夏桔抱起毛球，发现它的屁股被鸡骨头划坏了，高高地鼓了出来，又红又肿。夏桔后悔地直跺脚，听着毛球不停的哀鸣声，夏桔心痛得发紧。

毛球的屁股一直红肿了四天，在这期间夏桔给它买了几次药，还买了一本《幼犬疾病治疗》，夏桔把药放在食里，但毛球拒绝吃，夏桔只好将药压碎，用小勺灌进它的嘴里。毛球的屁股见好以后，又开始咳嗽 ，为什么咳嗽，夏桔不知道具体原因，是因为屁股的伤口受了感染？还是那几天自己有点咳嗽把它给传染了？毛球开始变得萎靡，打喷嚏、流眼泪，它不再叫唤，不再欢快地跑来跑去，不再像以前一样了在夏桔吃饭时如果不给它，它就呲着牙对着夏桔使厉害……

（十五） 肝肠寸断的伤痛

而就在毛球病得最厉害的时候，夏桔就要开学了，毛球怎么办？学校不可能让养狗的，但是夏桔没有任何办法，毛球正在生病，把它送给谁她都不放心，要是偷偷地放在宿舍里，不让老师知道总可以吧？对了，可以做米诺他们的工作，她们一定会同意的。

夏桔抱着毛球来到了学校。

教室门前有一棵小玉兰树，寒假之中不知道是谁，拦腰把这棵树的皮剥了一圈，现在，其他的树都已经泛绿，唯有它还在枯萎着。

夏桔抱着小狗，站在小树的旁边，看着树身上那圈被剥掉的皮，非常心痛。

妈妈曾经说过一句话："人怕伤心，树怕剥皮，人伤透了心，就不能生存了，树剥了皮就只有死亡了。"也不知道这棵玉兰被剥了皮还能不能活过来。

夏桔在心里鼓励小树说："小玉兰啊，你一定要活过来，不要怕，我夏桔也被剥过皮，不是也活得很好吗？"

到了宿舍门口，毛球说什么也不进去，夏桔只好把它抱进去，米诺和她们看见毛球都非常吃惊。朵莱说："夏桔，老师要是知道

了，有你好受的！”米诺说：“管它呢，咱们谁也别吭声，她怎么会知道！”早恋事件出现后，米诺发了毒誓，她警告自己若是再嘴贱就天打五雷轰！

程青青说：“对，这回咱们齐心协力，我看王老师就活该被骗，她可太讨厌了。”

王老师因以前没收过程青青的祖传秘书《铁板神数》，并当众撕毁和批评程青青是封建迷信的小残渣，不但致使程青青回家挨了那个迷信奶奶的一顿臭骂，还致使一部分同学见着她就高喊：“打倒牛鬼蛇神！”

可能是换了环境，毛球在半夜一个劲地叫，尽管夏桔给它铺了小垫子，它仍不在宿舍的地板上睡。夏桔的家里是木质地板，而且铺了一层厚厚的长毛地毯，比较舒适温暖，现在正是春寒料峭的季节，毛球当然不愿意在地板砖上睡了！

因为毛球，大家都没睡好，左右两个宿舍的邻居也不断地提出抗议之声，将暖气管子拍得劈啪乱响。

第二天，班里的同学知道她们宿舍有一条小狗，纷纷来看稀罕，你送一根肠，他送一袋肝，还有一个女生在宠物商店里给毛球买了一身小衣服。乔志看毛球咳嗽、还特地从十里之外给它请来了兽医帮它治病。毛球成了最受欢迎的小公主。毛球看那么多的人都喜欢自己，美滋滋地摇着小尾巴，得意极了！虽然还有点发烧，但不再咳嗽了。

夏桔叮嘱每一个来看毛球的同学一定不要让王老师知道。

高一（三）班的学生们从此有了一个共同的秘密。

为了养好毛球，程青青给夏桔买了三本书：《怎样管理幼犬的

一日生活》《幼犬的防病治病》《怎样训犬》。

因为夏桔这几日要代表班级出去参加朗诵比赛，喂养毛球的任务就落在了朵莱、米诺和程青青三个人的身上。

米诺懒得连自己都管理不好呢，还谈什么抚育小狗，她只是抱着毛球玩儿，和它取乐，在毛球的头发上拴些彩色的小绳，把它当小姑娘喊来喊去。程青青呢，也是只管欣赏不管喂养，所以，毛球的喂养其实就落在了朵莱一个人头上。

朵莱觉得这喂养小狗有什么难的，给点剩饭吃就行了。米诺笑她老巴，米诺说你以为这纯种的京巴那么容易养的吗，弄不好的话，一天就让你喂死，养它们，尤其是这种刚出窝不久的幼犬学问可大呢，比养一个人类的婴儿还难！

朵莱说你可别玄乎了，不就是一只狗吗？我额吉（奶奶）家那条大狗谁管它呀？额吉记忆力不好，有时一两天才喂它一顿，什么人屎呀、垃圾呀，它都吃，雨天往树坑里一呆，额吉连狗窝都不给它盖！

“你额吉养的那是什么狗呀，那种狗天生就是下贱的胚子，生出来天生就是挨冻受饿的。狗就像人一样，有贫贱富贵之分。”

朵莱对米诺的这一套理论很不爱听，朵莱心里想，住在这里的如果追本溯源哪一个不是农民出身！你的父亲虽然又当官又富有，但不也是农民的孩子吗？“什么贵族，什么平民，我就不信，饿它两天，屎它都吃。这几天夏桔不在家，由我喂它，我就按平民来喂养它，看它怎么样！”

朵莱说到做到，中午果真只给毛球一些白米饭，没给它肠，也没给它肝，毛球闻了闻，扭着小屁股很不情愿地走了。

朵莱拿了一根火腿往自己的嘴里送，边吃边将嘴吧嗒得很响，毛球眼珠子一瞪，围着朵莱又呲牙又咧嘴地嗷嗷使厉害，它是想用这种方法来吓唬朵莱，可朵莱偏偏不吃这一套，摇着脑袋吃得更香了，边吃边说："我都吃了，看你这小贵族怎么办！"

毛球跳着高儿，大声地惨叫着，像谁杀了它一刀似的。

米诺立刻慌了："朵莱，你是想让老师将毛球抓走吗？"

朵莱立刻回过神来，马上把火腿给了毛球，毛球一个高儿蹦上去，呜呜叫着大嚼起来。

平民教育宣告失败！

程青青幸灾乐祸地大笑起来。朵莱说："这有什么呀？如果我不拿火腿馋它，不让它闻见香味，它也许就乖乖地吃米饭了。再说了，我是怕它叫唤才给的 。"

这时，夏桔回来了！

米诺告状说："夏桔，朵莱想对毛球进行平民教育，可是彻底失败了！"

朵莱说："米诺认为毛球是贵族，如果不让它喝奶吃肠、肝等好东西就不行，我计划每天只喂它米饭、菜汤，看它能不能活得健康！"

夏桔一边换衣服一边说："行啊，那怎么不行，喂养幼犬本来就不能多让它吃肠吃肉，它的肠子软，吃油水大的东西容易腹泻，人和狗一样吃油脂大的东西容易得高血脂病，弄不好就养不活。"

朵莱瞅着米诺挑战地说："怎么样，狗也和人一样，太贵族了可是要付出生命代价的，所以还是吃糠咽菜的老百姓活得最健康长寿。"

米诺说："我们家的甜点可从来不吃稀粥烂干饭，它比人吃的还好，它怎么就活得健健康康的。"

"谁知道它还能活几天呀！"朵莱说。

"朵莱，你缺德不缺德，闭上你的乌鸦嘴，不许你诅咒我的甜点！"米诺顺手拿起一个大枕头向朵莱打去。

睡到半夜，夏桔忽然钻进了朵莱的被窝说："朵莱，我不想养毛球了！"

"哎呀！你神经病呀！现在几点啦？"朵莱哈欠不断地说。

"朵莱，我想把毛球送给你妈妈！"

"哎呀！你送给我妈妈干什么，大人是不会喜欢小狗的。再说了，你不喜欢毛球了吗？它多好玩呀，你快好好养吧，你舍不得花钱，我给毛球买食物。"

夏桔"哎呀"一声坐了起来，像谁咬了她一口似的。

"朵莱，你怎么了，我不是在乎这几个小钱！"

夏桔说："朵莱你就帮帮我吧，这个狗送到你们家最合适，我看见你，就知道你妈妈是个非常善良又非常有爱心的人。"

夏桔的眼泪流了下来，在暗夜里闪闪发光："我养它一是浪费精力，二还影响咱们宿舍人的休息，时间长了老师肯定会发现，我不能再惹事了。王老师现在对我非常有意见，要是再让她知道我养狗，她对我会更恼火。这次，我是实在没有办法才把它带到了学校，来之前我就想好了，如果你妈妈没时间养它，你乡下亲戚多，让你妈妈找个善良的人家，否则，我不会放心的。朵莱，你就答应我吧，送给别人我不放心，只有送给你母亲我才放心，看见你，我就看见了你母亲……"

“看来，你真是下了决心了！”

夏桔坚定地点了点头。

“那好吧，周末我把毛球送回去。”

“告诉你妈妈一定要善待它呀！不要工作一累就烦了！”

“你就放心吧，我一定让妈妈把它养得壮壮的。等它长大了，你要是还想要，我就给你送回去。”

“朵莱，养狗也需要学问的，你一定要让你妈妈看看养狗方面的书，否则，会养死它的！”

夏桔一遍一遍地叮嘱朵莱。

可是，还没等到周末，毛球就遭到了灭顶之灾！

星期五，曹主任气急败坏地找到王老师说，你们班201宿舍是不是养了一条狗，晚上一个劲儿地叫，影响了同学们的休息，其他几个宿舍的人上午到校长那告状了！

曹主任的脸拉得长长的，因为学生告状后，校长把他找去没鼻子没脸地训了一顿，说学生宿舍有狗你知道不知道？你这个主任怎么当的？咬伤了学生，家长来找怎么办？你太不负责任了，你还想干不想干？

曹主任急出了一脑门子的汗，他点头哈腰地向校长检讨自己的错误，并说以后再也不会发生这类的事情，他一定找出这个养狗的学生并严惩不殆。

曹主任阴沉着脸从校长室出来后，把一腔愤怒都倾泻到了王老师的身上。

王老师说不可能的，我的学生怎么会在宿舍里养狗？刚刚开学，而且201是女生宿舍。曹主任说那咱们就去看看吧。

王老师和曹主任还没走到201，就听见了小狗的叫声。

毛球自己在宿舍里，也许没有了安全感，也许感到了孤独，也许是听见了窗台外操场上学生的嘈杂声，反正它叫得很响、很亮，它不清楚厄运正在一步步向它逼近。

王老师听见了狗叫声，她的脸从黄到白，从白又转到红。

王老师板着脸把201宿舍的女孩们从班级叫回宿舍，让她们打开门。

米诺拿着钥匙，拒不开门。

这时候，毛球的叫声更响了，它听见了夏桔那熟悉的脚步声。

"米诺，我命令你给我打开！"

米诺用沉默抗议着。

王老师上前把米诺推了一下，凶凶的，看那阵势，若是米诺再不拿出钥匙，王老师可能就要踢她了。

夏桔看见就要爆发的王老师，哆嗦着说："米诺，你就把门打开吧！"

米诺看看夏桔，不情愿地掏出钥匙打开了屋门。

还没等大家往里走，毛球便从打开的门缝里第一个挤了出来，它摇着小尾巴蹦高撒欢地窜到夏桔的脚下，像几天没见面一样，亲热地抱住了夏桔的小腿。

朵莱上前一步抱起了毛球！

王老师瞪圆了眼睛厉声问："谁的狗？"

夏桔刚要开口，朵莱抢着说："我的，是我从家里带来的。"

王老师说："好呀，你们这些富家孩子，生活糜烂，比过去的资本家还资本家，朵莱，你没资格当班长了，你竟然将狗带到宿舍

里,影响班级的荣誉……"

夏桔着急地打断王老师的话说:"不,王老师,那是我的狗,不是朵莱的,你不要怪罪她!"

米诺和程青青也急了,嚷着说那是自己带来的。

"都给我住嘴!好呀,你们可真是团结一致呀!别的事咋不这样团结,集体活动时怎么像一盘散沙一样,现在倒臭味相投,一起蒙老师来了,真是一块臭肉搅得满锅腥,你们就这样臭下去吧!"

王老师盯着米诺狠很地说。

米诺知道王老师所谓的"臭肉"指的是自己,立刻恼羞成怒:"你说话别那么难听好不好,谁是臭肉呀,你说清楚一点!"

哈,反了,老师说一句都不行了,还没见过这样的学生呢!

"米诺,谁是臭肉谁自己清楚,我没时间跟你磨牙!"

王老师说完,扑上前去从朵莱的怀里抢过毛球,掉头就走。

毛球大概是被王老师抓疼了,"嗷嗷"地惨叫起来。

夏桔尾随出去:"王老师,您要把它怎么样?"

"王老师,求您了,它正在生病!"

"王老师,明天我就把它送走!"

她们也跑了出来,一个劲儿地求王老师手下留情。

王老师一声不吭,抱着毛球径直地向锅炉房的方向走去。

夏桔以为王老师要把毛球投进锅炉烧死,绝望得腿都哆嗦了。

王老师并没把毛球投进炉子,而是把它关在了一个装煤的冷屋子里。她跟烧锅炉的一个工人要了一把锁,气势汹汹地把毛球

锁在了里边："今天先让它在这里过夜，明天周末必须给我带走，愿意养到你们自己家里去养，你在家养一百条狗我都不管。"

"王老师，毛球正在发烧，今天晚上还要降温，这里太冷，您就饶了它吧！"夏桔还继续哀求王老师。

王老师像没听见一样，拿上钥匙就扬长而去！哼，我饶恕它，谁饶恕我呀？这些富家孩子真是不懂事，做事情不为任何人着想。

毛球在漆黑的煤房子里悲惨地惊慌地尖叫起来，它从来也没有在这么冷这么黑的地方呆过呀！

听着毛球哀怜的求救声，夏桔心如刀绞，她坐在煤房子的门口，默默地流泪。

朵莱说："夏桔，你别哭了好吗？我们回去给她送点好吃的，它在这呆一晚上估计没什么事，明天去求王老师把毛球放出来，送到我家。"

米诺跑出去买来了烤肠、肝，从门缝塞了进去，但毛球的叫声仍然没有停下来。

201宿舍的灯光一夜没灭！

早上，当夏桔看见毛球躺在煤房子里的僵硬尸体时，她怎么也不相信眼前的事实是真的，毛球大睁着的眼睛，这让夏桔肝肠寸断，毛球死不瞑目！

夏桔瘫倒在煤堆上痛哭失声，任谁劝，她也不回宿舍。

住在隔壁的工人说，毛球一直叫到半夜两点才没了声息。

毛球估计是半夜两点钟死的，旁边的肝和肠还好好地摆在那里，毛球一口都没动。

夏桔被马科强行背回了宿舍。

夏桔的精神整个都垮了，她不吃不喝，拒绝和任何人说话。朵莱的心里也很痛苦，但她为了安慰夏桔，只好硬着心肠说："一个带毛的狗就值得你这样糟蹋身体吗，你因为它哭坏了身体值得吗？家有万贯，带毛儿的不算，死了就死了，以后我送你一个好的，你那条狗一点都不好看，还是个杂种，我给你买个纯种的。"

难道你不明白生命是不可以替代的吗？感情是可以替代的吗？在夏桔的心里就是再漂亮的狗也替代不了毛球。

夏桔觉得孤独极了，世界这么大，她连一个倾诉感情的地方都找不到。

夏桔在毛球死的当天上午就伤心地请假回到了自己的家中，打开家里的门之后，她恍惚又看见了毛球摇着小尾巴跑了过来，陪她嬉戏，讨她欢心；坐在沙发上，她环视脚下，好像又看见毛球温顺地卷缩在她的脚边，它依赖夏桔，关心夏桔，它是夏桔最忠诚的朋友，它不会因为夏桔打它骂它而离开；走到厕所，她好像又看见毛球躲在洗衣机的空隙里，毛球总是在夏桔生气的时候跑进厕所里躲避怒气冲冲的夏桔，一会探一下头，一直到看见夏桔露出笑脸，它才出来跑到夏桔脚下舔夏桔的脚趾，她那溜须拍马的讨好样子常常逗得夏桔哈哈大笑……

不该把它带到学校里！

悔恨漫溢了夏桔的心，漫溢了夏桔的眼睛，使她看不见了现实，她仿佛生活在虚拟的高空里，坠落在深渊里，她怪自己没有承担起一个生命的责任。是呀，她根本没有做好收养一个生命的经验准备，就仓促地把毛球领了回来……

（十六） 愤怒的导火索

高一（三）班对王老师蓄意谋害毛球大感愤怒，大家的心里早就积满了对王老师的不满情绪，现在通过毛球这根导火线一下子爆发了。

当天中午休息时，高一（三）班全体同学在学校的后山上为毛球举行了隆重的葬礼！乔志慷慨激昂地为毛球致了悼词：“人类自高自大，总以为自己才是统治世界的主宰，高高地俯视其他的生命，蔑视其他的生命，其实，狗也和人一样，他们也有感情，也有语言，它们也应该有属于自己的生命尊严！……”

女孩子们从山上采来一束束野花放在了毛球的墓前。

葬礼过后，同学们坐在山坡上谁也不愿意回学校，乔志站起来像发表演说一样历数王老师的管、卡、压政策，他说，其实王老师对待学生的态度也和对待毛球的态度差不多，老师这种教育方法，非常不符合现代教育观念，使我们学得不愉快、不开心。

乔志的话一下子点燃了大家的情绪，同学们七嘴八舌地责怪王老师对自己的伤害，她们说：“王老师的笑是笑给优等生的，对学习成绩差的学生经常进行人格上的侮辱和攻击。”

“左老师就比王老师和蔼可亲。”程青青说。

“毛球的死就说明了王老师对弱小生命的蔑视和不尊重，一点爱心都没有。”

“王老师因为自己没钱，对有钱的人非常嫉恨！做人心胸太窄。”

“天天上课之前对学生进行忆苦思甜教育，兜售她年轻时候的英雄事迹，真是烦死人了，每天最少得耽误十分钟。”

“让人不明白的是，王老师这样的老师却年年都被评上先进！”

“说是她带的班级纪律好，我看就是对学生管卡压得厉害，一点都不尊重学生，这种教育方法就是纪律好，学生也不会服气她！”

“就算是一个农妇，她还懂得把肉食鸡从笼中饲养改成自由放养的好处，而我们在王老师的手中完全是个被动体。”

“天天对我们吼，不能这样，不能那样，为什么不换一种平等的、和善的语气告诉我们可以怎么样！”

“今年王老师又被评上了先进，昨天在公示牌上已经公布了！”

“什么时候评的？咱们怎么不知道？”朵莱歪头问刚才说话的那个教师子女。

“前两天评的，你没看见文化长廊的告示牌吗？今天早上名单贴上去的，王老师第五名，你知道吗？评上前七名的教师自然进高级教师，王老师多美呀！她快成高级教师了。今天上午她不在学校，我妈妈说进高级教师的昨晚上就发了表格，今天都在家里忙着填表呢！”

同学们一听又议论起来："我还纳闷王老师今天怎么没来呢。"

"这老师教学的好坏该咱们学生说了算，我看王老师还不如左老师呢，左老师为什么评不上？"

"是呀，我看王老师就不如左老师！"

"这世界怎么这么不公平？"

朵莱沉思了一会儿，忽然站起来说："咱们给校长写封信，要求重新进行评选，我们学生也应该有投票权。"

"可是，评选结果已经公布了。"同学们很担心。

马科眼睛一瞪，坚定地说："推翻它！"

大家一起嚷起来，一个个摩拳擦掌、跃跃欲试。

下午第一节课是自由活动，高一（三）班没有一个出去玩的。大家就此事展开了热烈的讨论。于是由马科执笔给校长写了一封公开信：

尊敬的学校领导：

我们采取这种方式与领导对话是出于无奈。我们希望能够得到谅解，重视我们提出的建议。我们高一（三）班对这次学校教师评优以及由此产生的评职结果感到非常不满意，我们认为评价一个教师教学水平的高低、好坏，不应该由教师们来决定，也不应该由选票来决定。评定职称不是选人民代表，不是看他（她）的群众关系，而是要看他的工作，假如选票能代表教师教学的好坏，这票也应该让我们学生参加投票！我们高一（三）班全体学生强烈要求校领导把昨天的评选结果立即收回，重新评选，我们也参加

评选活动！如果校方不答复我们的要求，我们将去教委请愿。

高一（三）全体同学敬上

第二天课间操时间，马科、朵莱、乔志、米诺等五人被传进办公室。

虽然米诺不是班委，但王老师认为她肯定参与了此事。

五个人并排站在王老师面前，都昂着头一副视死如归的样子。

王老师说："你们给校长的公开信，校长已经转给我了，这件事是谁带的头？"

五个人异口同声地说："我。"

王老师说："总得有个人先挑起吧？"

五个人又异口同声地说："我！"

王老师喘了一口粗气："为什么？"

米诺说："觉得不合理。"

老师们议论纷纷："你看，你看，现在这些孩子呀！"

"大人的事，你们参与什么？

王老师斜了她一眼说："可以理解，因为你就对一些乌七八糟的事情热情！至于正经事吗，肯定找不到你。"

王老师问米诺："那你认为怎么才公平？"

"一个老师工作的好坏，最有发言权的应该是学生，我们认为我们应该参与意见。"马科抢着说。

乔志也咧着大嘴说："是呀，要是征求我们的意见，也许王老师的票数会更多一些。"

这个家伙，又犯爱拍马屁的毛病了，大家心里恨死他了。

王老师听了乔志的话，眼睛立刻放出光来。乔志的话让她吃惊不小，自从看了那封公开信她就气得心发抖，她以为学生们想排挤她推举左老师呢！这次和她搭伙教同一班的左老师也参加了评选，但左老师落选了。

王老师早就发现学生们对左老师比对她这个班主任好，她心里一直很不舒服。王老师和左老师虽然教同一个班，但一个教语文，一个教英语，按说没什么可嫉妒的，但王老师偏偏看不上这个伙计，她认为自己虽是班主任，但在学生心里的威信却不如左老师高！

王老师听了乔志的话，脸上现出了微笑："你们真的这样想吗？"

几个人硬着头皮应了一声："是。"

王老师心上的一块石头落了地，从办公室出来，米诺狠狠地瞪了马科和朵莱一眼："虚伪，都是虚伪的家伙。"

她怪马科和朵莱不敢说真话。

朵莱掐了乔志一把："都怪你这个马屁精。"

乔志大嘴一咧："要不是我说那句话，你们现在还站在那儿呢。"

朵莱转转眼珠："真的，多亏了大嘴巴了，要不王老师可饶不了咱们！"

马科也高兴地说："这样一来，王老师说不定还站在咱们一边了。"

大家意识到这个，马上高呼起来："大嘴万岁！""拍马屁

万岁。”

嘻嘻嘻，哈哈哈！

王老师果真站在了学生一边，她逢人便说：“你看，我都不知道，不过学生的做法也有道理。”

第三天，年轻的校长在课间操时郑重地宣布：采纳高一（三）班的意见，学生给老师投票作为参考。并且还表扬了高一（三）的参与意识。

他说：“这项活动会大大地推进我校的民主进程，并且对所有任课教师也将是一次激励。”

校长的话引来了一阵雷鸣般的掌声。下午，学生们便对所任学科的教师投了票，唱票的结果是左老师第一。高一（三）班的王素琴老师由原来的第五，落到了倒数第二名，被无情地挤出了高级教师的队伍。

王老师听到这个结果，只觉一阵眩晕：“天呀，怎么会这样？”

这件事后不久，王老师就被调离了班主任队伍，因为她和学生们的矛盾到了不可调和的地步，为了缓和矛盾，学校让年轻的左老师接任了高一（三）班的班主任工作。

（十七） 祸从天降

夏桔和朵莱欣喜地站在那棵小玉兰树的面前，因为她在玉兰树的受伤处看见了一根嫩芽。

看来，这棵树正在顽强地抗争，也许它希望要根小小的嫩芽会代替自己将死的树干。

朵莱拍着夏桔的肩膀说："姐们儿，看了没？生活还是大有希望的，不要灰心，不要丧气，光明就在前头，哈哈，老树都发新枝了！"

晚上，朵莱因为觉得没有意思，就溜进学校的聊天室。

自从夏桔在宿舍里养了狗以后，她们有了玩物，后来又经历了那么多的风风雨雨，朵莱就再也没上网聊过天。

今天，朵莱在过去上网的那个固定时间进入聊天室，她游荡了半个多小时也没人搭理她。

朵莱想，"习惯了眼泪"肯定改换了上网时间，而且又有了新的聊天伙伴，自己这么长时间没理人家，人家凭什么还理你。朵莱没兴趣和别人聊，她刚想退出，忽然看见"习惯了眼泪"跳了出来："hi，你好吗？"

朵莱兴奋得差一点叫出声来。

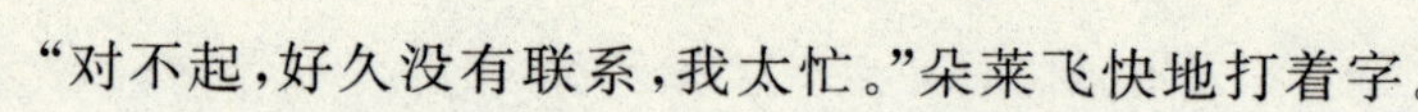

“对不起，好久没有联系，我太忙。”朵莱飞快地打着字。

“说对不起的应该是我，我快三个月没上网了！”“习惯了眼泪”说。

“那可太巧了，我最后一次上网也是在三个月前。”

“看来我们真是很有缘分，我也是从那次一直到今天才上网，今天我本来是想试一试的，没想到就真的碰到你了，真巧。”

朵莱说：“其实我一直很惦记你，你说自己失去了母爱，我不明白你的妈妈到底是怎么啦，你还说爸爸认为妈妈犯了不可饶恕的罪，到底什么罪，能告诉我吗？”

“其实也没什么神秘的，我12岁那年父母就离婚了，我恨父亲是因为他不允许我同妈妈见面，甚至连电话都不允许我打。一开始，妈妈是给我打电话的，但每一次电话我都没有权利亲自去接，而是由爸爸接，爸爸接到电话，不是对着话筒粗暴地骂，就是无情地摔话筒，我不但接不到电话，相反还要受到更大的责骂。为了我不受伤害，妈妈只好不打电话了。”

朵莱问：“那你想妈妈怎么办？”

“轻易是不敢见的，不过这半年，我住了学生宿舍，有时候就悄悄地和妈妈联系。”

朵莱高兴地说：“那你肯定很快乐了啊，所以这么长时间都没上网。”

这一次，朵莱觉得对方非常坦诚，似乎没了以前那么多的顾忌。她告诉朵莱，在自己看来母亲不但没有罪过，还是一个受害者，婚姻的受害者，如果要找真正的罪人，就是父亲的性格，还有父亲小时候所受到的那些粗暴教育，一个没有享受过正常母爱的

人是学不会怎么去爱别人的，父亲小时候学到的看到的、都是冷暴力，所以他只会用冷暴力去对待别人。

“习惯了眼泪”说：“虽然我是父亲的女儿，但多年来我并不了解他，现在我慢慢地了解了，也希望慢慢地能懂他，这是我的母亲教给我的。”

朵莱说：“看来你的母亲有一颗非常温暖的心。”

“习惯了眼泪”说：“是，母亲让我学会了爱别人、体谅别人，要学会包容。”

朵莱说：“我真的很想和你见面，我不知道你在哪所城市，我能冒昧地问一下你所在的城市吗？”

“习惯了眼泪”说：“你给我带来了许多的快乐，成了我最知心的朋友，我也很想和你见面，只是不好意思开口，我住在 S 城。”

朵莱一看惊喜无比：“哇噻，咱们就在同一所城市呀！我们马上见面好吗？周五下午 3 点西郊塔楼下见。”

塔楼是一个比较偏静的地方，就在西郊 101 国道的边上，离立才中学仅三里多路。

“习惯了眼泪”说：“好，不见不散！为保险起见，我手里拿一份晚报。”

朵莱“扑哧”一下笑了：“哇，地下工作者，那我和你一样吧！”

周五下午，朵莱从饭堂里出来买了一份当日的晚报，就急急忙忙地一路小跑向塔楼而去。距塔楼还有 60 米的时候，她看见夏桔穿着一件白色的裙子站在马路对面的塔楼下像在等待什么人，朵莱扬了扬手中的报纸大喊了一声：“夏桔！”就向她跑过去。正在这时，一辆飞奔的蓝鸟向朵莱直冲过来，朵莱像一片树叶一

样在空中飘了一下,便落在了地上。

夏桔大叫一声直扑过去,她看见朵莱趴在地上,手里捏着一份当日的晚报,晚报已被血染红。啊!朵莱就是那个“开心小精灵”呀!夏桔抱着朵莱哭得昏天暗地……

等朵莱从昏迷中醒来时,已是第三天的上午。早晨的阳光透过淡蓝色的百叶窗暖暖地照在朵莱纯白色的被单上。

朵莱动了动手,她的手被一只小小的手握着,那手纤细而冰凉。她转过头,发现那只冰凉冰凉的手是夏桔的,夏桔已不是往日那个夏桔了,她像一朵缺少阳光和雨水的小花,显得干枯而憔悴。

朵莱动了动嘴:“习惯了眼泪。”

夏桔听了这几个字,立刻泪流满面地抱住了朵莱,朵莱的眼泪顺着眼角流了出来。

朵莱早就有一种预感,她预感”习惯了眼泪”离她并不远,但她从来就没往夏桔的身上想过,“习惯了眼泪”的家是一个支离破碎的家,而夏桔的父亲是一家大医院的院长,他怎么会是”习惯了眼泪”的那个暴躁的父亲。而且夏桔的学习成绩是那么好,朵莱认为如果一个人背负着”习惯了眼泪”那么沉重的心理负担,不可能学习好,也不可能有好多好多的爱心,更何况夏桔对自己的网名和家事一直守口如瓶,尽管朵莱是她的好朋友,但夏桔对这些事一直很有原则,一旦涉及,马上就把嘴巴闭得严严的。

朵莱握着夏桔的手,心疼地看着夏桔瘦削的肩膀,哦,可怜的夏桔,她小小的年龄背负着多么沉重的东西!她没有一个快乐的家,没有一个让小女孩尽情撒娇、尽情挥洒个性的地方,而在学校里她也隐忍了许多的不公平,但她还仍然默默地坚持着学习,对

人对物仍有那么多的爱心，假如换了朵莱我，也许早就承受不住了。

朵莱多想把自己的那份幸福也分给夏桔一份，把父母对自己的爱匀给夏桔一半！

这时候，朵莱的母亲提着东西走进屋来，看见朵莱睁着眼睛立刻哭了："你醒了吗？你真的醒了，我以为再也看不见你啦！"母亲抱住朵莱的头，将朵莱拥在怀里，好像怕丢了一样，全身颤抖着。朵莱的爸爸也拉住朵莱的手，眼里浸着泪。

朵莱的母亲之所以哭，是因为她刚刚听一个医生说，朵莱的左手保不住了，必须截掉，听了这个消息，母亲立刻瘫倒了，朵莱才十五岁，可就要成为残缺不全的人，这对母亲该是多么沉重的打击，这意味着朵莱将要放弃许多东西，意味着今后生存状态的不平等，意味着精神状态的缺损，也意味着要改变原先的生活秩序、生活方式……

夏桔知道以后也泪水滂沱，她悔恨交加。

朵莱截肢手术前，高一（三）班的全体同学和立才的部分领导老师都赶到了医院，他们和朵莱的亲人们一起目送着被推进了手术室的朵莱。

朵莱的母亲哭得几次昏了过去，她不明白自己活蹦乱跳的女儿怎么会忽然就躺在了这洁白而冰冷的手术台上了？她诅咒那个肇事者丧尽天良，埋怨交警队的人破案速度慢。

手术进行了五个小时，但这五个小时对守候在手术室门口的夏桔来说，仿佛是一个世纪。

在后来的三个星期的恢复期中，夏桔每天回学校上两节主

课，然后就回到医院陪朵莱，并把当天的课讲给朵莱听。

朵莱虽然没了左手，但和以前一样乐观："不是还有右手吗？对我来说，左手没什么用处，我干什么都用右手。"

夏桔抱着朵莱说："朵莱，我的双手就是你的左手。"

朵莱除了失去了左手，左脸上还留下了一块疤痕。

在夏桔和朵莱痛苦之时，两个护士正站在一边议论"三八节"发什么礼物。夏桔痛恨得心都哆嗦了。夏桔一直认为是医院没有及时抢救，才使得朵莱失去了左手。

当夏桔在车祸现场拦截一辆卡车将朵莱就近送到医院时，被一个中年女医生拦在了门口："嗨，干什么？""阿姨，我的同学被车撞了，求您们救一救她。"女医生冷漠地问："挂号了吗？""没有，还没来得及。""挂号去。"门"砰"的一声关上了。夏桔让那个好心的卡车司机看着躺在椅子上的朵莱，自己挤进挂号的人群里挂了一个号，当她将挂号单交给大夫时，大夫又让她去交五千元的押金。夏桔回头看看血葫芦一样的朵莱，心如刀绞，呜呜地哭起来，有人提醒夏桔："快给家里打电话。"夏桔这才省悟过来，立刻给程青青和米诺打手机，因为她不知道朵莱家里的电话。

一直到立才的学生和老师都风尘仆仆地赶来，交上押金，朵莱才被推进手术室。

夏桔后悔当时没有直接送朵莱去父亲的医院，有父亲在那儿，朵莱的手也许能保住，最起码父亲能指挥医生们及时抢救，可当时人民医院离车祸地点太远了。

当同学们知道这件事后，都怒火中烧，大家都咒骂那个见死不救的肇事车的司机。

从朵莱撞车那天开始，夏桔就见一个学生问一个。问人家的家长开的是什么牌子的车、什么颜色的车。因为她一直怀疑撞倒朵莱的人是学生家长，那天是周五的下午，是家长接孩子的日子，因为平时里这条路没有多少车走，这是一条到立才学校的必经之路。

米诺来看朵莱的时候，夏桔也问她："米诺，你爸爸开的是什么车？"

米诺警惕地瞅了瞅夏桔："夏桔，你是不是有点神经过敏，告诉你，朵莱出事的那天我爸爸正在北京开会。再说了，就算是我爸爸撞了朵莱，他能见死不救吗？他可不是那种没人性的人，你可别再乱问乱说了，这么大的事可不是闹着玩儿的。"

夏桔看米诺有点生气了，忙说："我也只不过是问一问，是你多想了。"

米诺虽然在人前说硬话，但她的心里也打了几天小鼓，她非常清楚，夏桔完全有理由怀疑她爸爸。有一件事，她一直藏在心里。就在朵莱出事的前一天，爸爸打电话告诉她，第二天就上学校来接她们去打高尔夫。米诺没在宿舍里说，她怕爸爸太忙，一旦他来不了，大家又该失望了，还是给大家一个惊喜更好。果然不出米诺所料，第二天她等了一天也不见爸爸的影子，妈妈却在晚上忽然打来电话说，爸爸正在北京开会，家里的车几天前就坏了，正找人修理，到现在还没修好。

听了夏桔的怀疑后，米诺悄悄地溜了出去，找了个僻静的地方掏出手机就往家里挂电话，听筒里传出米诺母亲温和柔软的声音，米诺没有在母亲的那句有礼貌的"您好"后边接着再续一句

"您好",她认为那样很虚伪。她接电话都是一句问话:"谁呀?"她打电话更是直接了当地,直呼要找的那个人。

"找爸爸。"

米诺硬梆梆地将这句话甩给妈妈,妈妈不满意地嘟囔:"好几周没回家了,也不问问妈妈身体怎么样,你这个孩子呀!"

"找爸爸。"

米诺拉长了声调又重复了一遍,那意思好像在告诉妈妈:少废话。

"你爸爸不在家!"

米诺的妈妈很生气,也硬梆梆地扔过来一句话。

"他干什么去了?"

"他开会去了!"

"他前些天不是说好要来接我们去打高尔夫吗?"

"不是跟你说过家里的车坏了吗,已经好长时间没用了。"

"四月十号那天车就坏了吗?"

妈妈在电话那头停顿了一下,接着问:"你问这个干什么?"

米诺说:"我们宿舍的一个女孩就在那天被人撞了!"

米诺的母亲在那头很不自然地"啊"了一声,随即她的声音便急促起来:"诺诺,你可不要在学校里乱说,是不是你告诉过你的同学,你爸爸曾计划过那天去学校看你?你爸爸前一天就去北京开会了,与这事毫无关系!挨撞的那个孩子是谁呀?他爸爸妈妈是干什么的?现在怎么样了?"

妈妈的话又急又快,中间几乎无任何休止符。

米诺警惕地问妈妈:"你今天的话怎么这么多?"

妈妈在电话那头忽然静了下来，半天才说："我这不是关心你的同学吗！"

米诺说："爸爸不在家就算了！"说完就要放下电话，妈妈在那头急忙喊："诺诺，周末回来一趟吧！"

"不，我周末还要去医院看朵莱！"

这天晚上，朵莱正在医院的床上看杂志，忽然病房的灯灭了，她听见门口一阵唧唧喳喳的低语声，像有许多人都聚在了病房的门口，过了大概有三分多钟，灯又亮了，屋里刹时变得色彩缤纷起来，墙上、灯线上、天花板上都飞满了一些彩色的气球。还响起了优美欢快的音乐。她惊讶极了，这是进入童话世界了吗？就在她奇怪时，病房的门开了，夏桔满面笑容地推着一盒大大的塔式蛋糕走了进来，上边插着十五根彩色蜡烛，那蜡烛已被点燃，摇曳着桔红的烛光，显得分外优美。

夏桔的身后跟着一群学生，乔志的手里还拿着一束鲜花，大家踩着优美的乐点，用英语一起高喊："祝你生日快乐！"

乔志走到朵莱的床前用流利的英语说："我谨代表高一（三）班的男生女生向朵莱同学祝贺生日，祝你十五岁的天空永远晴朗；祝你十五岁的梦永远新鲜甜蜜；祝你早日回到我们的身边！"

他弯下腰将鲜花递给了朵莱，随即附在朵莱的耳边悄悄地说："我最想你！"

这句话将朵莱一下子逗得咯咯笑起来。朵莱高兴死了，她还从没过过这么浪漫又优美的生日。爸爸妈妈在她过生日时只知道给她买东西，爸爸认为唱生日歌、吃蛋糕那是狗长犄角——充洋鬼子。这不是，爸爸妈妈上午来看她时，扔下一身新衣服就算

给她过生日了。

朵莱高兴地坐起来，连说："谢谢大家，谢谢大家！医生说我明天就可以出院了。"

同学们激动地鼓起掌来，然后拍着手用英语和汉语各唱了一遍生日歌。

唱完后，夏桔扶着朵莱刚要吹蜡烛，米诺说："慢！慢，朵莱，你给我们用蒙语唱一首生日歌吧！"

米诺的提议赢来了一阵热烈的掌声，朵莱扭捏了一下说："我的嗓子像破锣，唱完了把大家吓跑了怎么办？"

乔志凑上前去说："都跑光了，只剩咱们两个我才高兴呢！"

大家"轰"的一声大笑起来，拍着巴掌一齐高喊："来一个，来一个！"

朵莱见大家这样热情澎湃也不再扭捏，清了清嗓子，很大方地用蒙语唱起来："祝朵莱生日快乐，祝朵莱生日快乐……"

"哇，拜托了朵莱，快闭上你的嘴巴，这声音和杀母鸡一样。"

乔志捂上耳朵，夸张地惨叫起来，病房里又是一阵欢快的大笑。

朵莱唱得确实很难听，真像母鸡被杀前的哀鸣，又尖又刺耳。

朵莱说："讨厌！你就不会将就着听完吗？"

米诺笑得捂着肚子喘不上气来："我……我可不是故意出你的洋相！"

朵莱大方地嘿嘿笑起来："没关系，不说不笑不热闹，只要我的歌声能给大家带来快乐，我愿意再奉献几首。"

乔志和几个调皮的男生立刻捂住耳朵做出逃跑状："朵莱，你

再唱，可真就没人给你过生日啦！”

朵莱快乐地大笑起来。

吹灭了生日蜡烛，夏桔将生日蛋糕上用奶油浇出的几个大字“生日快乐”切出来递给朵莱说：“祝小寿星天天快乐！”

朵莱接过来说：“大家一齐快乐！”

乔志撇撇嘴说：“外交语言练得满熟练呀！”

这盒大蛋糕是米诺一个人掏钱买的，夏桔不同意米诺一个人出钱，她说同学们捐了许多钱用不完，可米诺坚持买这蛋糕的600元她一个人拿，在内心深处，米诺总觉得亏欠了朵莱，妈妈闪闪烁烁的言辞以及前前后后的事情都让米诺忐忑不安，她总觉得朵莱的撞车和她有关。

如果朵莱真是爸爸撞的……

她不敢往下想，一想就害怕，她既同情朵莱又担心爸爸，她希望朵莱快点好起来，和她一样活跃在校园里，她也希望朵莱快乐，快点忘掉撞车的这场恶梦，所以这些天她几乎天天都往医院跑，每次来都买许多好吃的东西。看着朵莱一天天地好起来，她从内心里高兴。

从那天给妈妈挂过电话后，妈妈几乎每天一个电话，询问朵莱的病况，支持她去医院。妈妈这种反常的热情更激起了米诺的怀疑，妈妈平时对她的同学可没这份热心肠呀。

妈妈越热情，米诺的心越发紧。米诺决定这个周末回家看看。

从病房里出来后，不少同学都哭了，朵莱脸上的伤疤和她那残缺的手撕扯着同学们的心。

（十八） 同龄不同命

1.

米诺回到家时，保姆小兰正在做饭。

米家原来的保姆是个长得很好看的中年下岗女工，心里装得住事儿，也很能干，但是米诺的妈妈就是看不上她，说她心有城府、工于心计，把这样的人放在身边她觉得不安全。于是找了个借口就把她打发了，又托人在农村找了这个小丫头。

妈妈到底折腾走了多少个保姆，米诺数都数不过来，大概总有三四十个了吧，换来换去总不合妈妈的意。这些人要依米诺看，个个都很能吃苦，很能干，也很听话，但在这个家里是父母说了算，何况米诺也懒得管那些事。谁来谁就来，谁走谁就走，只要这些人做饭好吃、待人勤快就行。

米诺把包扔在沙发上，嘴里喊着："累死了。"可喊了半天也无人响应。以往她这么一喊，保姆肯定就跑过来端茶递水，给她脱鞋，更衣，但今天却没人响应。米诺很生气，汹汹地喊："保姆，保姆。"

小兰闻声从厨房里走了出来。小兰刚来米家几天，还没见过

米家的大小姐，但是她已在米诺的房间里看过米诺的照片，并在米母的口中知道了这个米诺和她同岁。她听见米诺喊她保姆，心里非常别扭，并同时断定这个大小姐和她妈妈一样，肯定也是一个不好侍候的主儿。介绍小兰来的那个亲戚在小兰来之前千叮咛万嘱咐，让小兰在米家一定要好好干，他说米家不是一般的家庭，只要小兰好好干，那她将来肯定错不了，米局长肯定会给她找个好工作。为了这个远大的目标，小兰的脸上一点也不敢流露出不满意的神情。

“你是谁？”

米诺明知故问，因为在电话里她就知道家里换了保姆。

“我叫小兰，新来的。”小兰说。

“我问你是干什么的。”

“我是搞家务劳动的。”小兰实在不愿意说保姆这两个字。

米诺忽然“嘿嘿”地笑起来，她想，这是一个自尊心很重的人，干着保姆的活却不承认自己是一个保姆，我倒要看看你怎样保护自己的自尊心，她这样想着就抬抬脚对小兰说：“你帮我把鞋脱下来。”

小兰犹豫了一下，样子很不高兴，但她还是蹲了下去，刚要解鞋带，米诺忽然笑着把她推到了一边：“好了，我在跟你开玩笑，这活我自己会干。你去往浴缸里放点热水，我要泡个热水澡。我妈妈干什么去了？”

“不知道。”

其实小兰知道她的父母干什么去了，她只是不想说。在她刚进这个家时，米家的女主人胡小云就郑重地跟她谈话了，家里的

任何事、任何情况、任何一句话都不许她往外说，原则上来了客人她就要退到其他屋里，不许她站在客厅里听，除非是女主人喊她去，她才可以进入客厅。但今天早上小兰在厨房里做早餐，忽然来了一个电话，接完电话的米局长立刻从被窝里爬出来，样子很兴奋，他对女主人说："老王的丈母娘死了，我们去一趟。"胡淑清说："这有什么可高兴的，又得出血。"

"你这个傻女人，我最近正在寻找这种机会，这不是天赐良缘吗？我这可是为了你大弟弟胡小力，别以为打死人就没事了，还不是我在这给撑着。花点钱就像挖你的心似的。"

站在厨房里的小兰，一听这话，立刻警觉地停下手里的活，侧着耳朵认真地听，她完全忘记了女主人交代过她的话。

胡小云说："过去给他的好处还少吗？"

米局长说："人家去年买的房子，只是按成本价的一半，又不是白送给人家的，剩下的那些好处都是小恩小惠。"

女人的声音提高了一个八度："小恩小惠？你的意思是说这次要大放血？"

米局长说："只有这样了，舍不掉孩子套不住狼，要不，将来你想舍孩子的那天，人家都不敢要了。"

女人说："那给多少？"

下边的话，小兰就听不清了。过了一会儿，米局长和胡淑清走到饭厅，胡小云看看饭桌上的牛奶、鸡蛋、八宝粥，还有火腿、面包，皱了皱眉对小兰说："我不是让你早上起来熬个莲子羹吗？"

小兰说："莲子羹的料我还没备齐。"

女人说："那就熬碗燕窝嘛！"

小兰说:“我不会熬燕窝。“

女人说:“我不是给你找书了吗?”

小兰站在那里发呆,胡小云看了看她又皱了皱眉:“算了,我们中午不在家吃,我晚上还要上美容院,米局长晚上也有应酬,你在家搞一下大扫除吧,另外照着书学一学各种粥的熬法。”

小兰点着头说:“是。”

米局长夫妇走后,小兰就开始搞卫生,把他们卧室的床铺都整理好。小兰想,看来这对夫妇是从不自己动手干任何活的,就差梳头洗脸也靠人侍候了。城里人都是这样的吗?城里人也太幸福了,这里简直就和天堂一样,和他们一比,小兰觉得自己的那个家,人生活得和猪差不多,她觉得自己都不如米局长家的那条叫甜点的德国纯种狮子狗,听米局长说买一条这种狗要八万元。

甜点中午吃剩下的东西,晚上连闻都不闻。要知道,小兰在自己家一年也吃不上几顿带肉的饭食。

没吃过几次肉的小兰一进米家的门,饭量大得惊人,一顿能吃四个大肉包子,一碗红烧肉。这里要解释一下,米家的女主人是从不吃红烧肉的,她吃东西要求很精、很细。她是个爱美的中年女人,她怕自己会胖起来,所以当男主人和小兰吃红烧肉的时候,她瞅都不瞅。

小兰在厨房做饭,边做边吃,她恨不能再长出个肚子来吃。米家的好东西太多了,可惜离家太远,否则也可以给自己的弟弟拿点吃。想着自己在这过这样的好日子,而家里却天天啃咸菜,喝稀饭,小兰的眼泪就往外转。

小兰学习很好,来之前在一所重点中学上学。为了小兰能上

高中，爸爸求乡邻走亲戚，为小兰借上了八千元学费。为了还这一笔钱，爸爸开春就背着包走了，可年底便传来了噩耗，爸爸死了。原来，爸爸在一个建筑工地上干活，可大楼盖好后，一年的血汗钱还没拿到手，小兰爸只好和一起打工的民工们住在低矮潮湿的工棚里等待着工资。可一个多月过去了，民工们身上带的钱都花光了，连回家的路费都没了，而家里的妻儿老小还眼巴巴地等待着亲人拿回钱过年。工头和开发商却互相推诿，连见都不愿意见这些为他们卖了一年命的穷苦的民工。更让人生气的是，开发商还要拆掉民工们赖以栖身的工棚，将民工撵走，他们说大楼已经盖完，业主要求入住，必须清理工地。小兰爸怒火中烧，带领着一群民工拿着铁锨镐头誓死保卫工棚，并几次带头找到开发商据理力争，还扬言，如不及时给工钱就领着民工去告状。开发商心生仇恨，指着小兰爸说："小子，就你尿刺，看你能刺多高。"

有一天晚上，小兰爸饿得没法，便到工棚附近一个偏僻的菜市场去捡白菜叶，想回来煮汤吃。刚走到半路，就见一辆红色的车子停在路旁，车里坐着那个开发商和三个彪形大汉，开发商一指小兰爸："就是他，打。"

三个彪形大汉跳下车来，如狼似虎地扑向小兰爸，上来就是一顿拳打脚踢，其中的一个人拿着一根木棒子，他照着小兰爸的腿就是一阵猛砸，小兰爸的一条腿立时被砸断了。为了不让坏人逃走，小兰爸一边喊救命一边舍命抱住了车左边的反光镜。车子疯狂地向前开去，并左右摇摆，想甩掉这个拼命三郎，但小兰爸就像粘在了反光镜上。坐在车里的开发商丧心病狂地抄起一个大扳手照着小兰爸的胳膊就砸了过去，小兰爸手一松就掉下车

去……。

待工友们闻讯赶到，小兰爸趴卧在路旁的一个水沟里，已命丧黄泉……。

小兰妈哭肿了眼睛，一下子病卧在床榻上。小兰牙一咬，弃学回家。在一位小老乡的介绍下，来到了这所城市，开始了她的保姆生活。

“Good morning，Dessert，How are you?”

洗完澡的米诺穿着一件粉红色的浴衣从浴室里走了出来，她拍拍正坐在浴室门口等她的甜点说。

甜点摇了摇头，像是听懂了米诺的英语，一高蹦到了米诺的身上。

米诺抱着甜点仰倒在床上，嘻嘻哈哈地和狗逗起来。

“I want to hare a cup of tea。”

小兰在厨房里没吭声，米诺又喊了一声：“tea。”小兰还是没吭声。米诺这时才想起，自己说的是英语，小保姆哪懂什么英语，便喊：“我想喝杯茶。”

哪知道小兰走了出来，用纯正的英语问：“What do you want?”弄得米诺一愣：哇，不能小看呀，这还是一个“洋保姆”呢！好，我考考她。

“I want a cup of tea and a piece of pie。”

小兰点点头，转身走进了厨房，不一会儿，一杯热腾腾的茶和一块馅饼端了上来。

米诺惊讶地看着小兰。

“Dessert。”米诺为了掩饰自己的惊讶，招呼甜点过来，这是

她自己称呼甜点的爱称。

小兰听着米诺对“甜点心”的读法，忍不住更正她说：“应该读[di ’z :t]。”

米诺立时像放了气的皮球，瘪了下来，刚进屋的那份傲气一下子消失得无影无踪。她不再说要什么，也不再玩弄什么英语，她知道凭自己的那点水平是抗不过眼前这个看起来耳朵根子都没洗净的乡下丫头的。

“你为什么不念书啦？”

“没钱。”

“你学习怎么样？”

“非常好。”

米诺一下子将眼睛瞪大：“你也太不谦虚了！”

小兰盯着米诺的眼睛说：“我说的是事实。”

米诺对这个小保姆开始刮目相看：这家伙行，有个性。

米诺忽然担心这个小保姆会干不长久。

2.

小兰对米诺的印象比对米局长和米诺的母亲胡淑清的印象好。她总觉得米局长的眼睛斜斜的，光线不正；而胡淑清呢，则太爱摆谱。虽然小兰表面上唯唯喏喏、恭恭敬敬，但心里对这个胡淑清一点儿也没好感，小兰觉得这个胡淑清生活太奢侈，做人太骄横，是个很没知识的人。小兰见过知识女性，比如她的语文老师，那才是个气质迷人、谈吐高雅的人，她一举手一投足都显示着一种高贵、一种圣洁。小兰很崇拜、尊敬那种女性，而不喜欢这个

天天浓妆艳抹、怀抱小狗、到处指手划脚，悠闲自在，花钱如流水，使人像使驴一样自以为很高贵的女人。

小兰刚来时非常寂寞，她想找本书看看，但她翻遍了这个家里的所有地方，只在米诺的房间里找到几本用过的旧课本、破本子，此外在这个富丽堂皇、如宫殿一样的房子里就再也找不到一本书、一本杂志！

难道这个家里的人业余时间从不看书？

小兰没有书看，来这里的头些天真有点寂寞。

米局长一般难得回家吃几次饭，整天在酒桌上消磨日子。胡小云呢，每天一下班，吃完饭后就化妆。化完妆后就急急忙忙地走了，她说去锻炼，据说在什么文化宫。后来在一个又一个的电话中，小兰才知道她是去跳舞了。

有一次米局长回来得早，见胡小云没在家就大发脾气，将好几个花瓶都摔了。胡淑清回来一见，火也窜了上来，她要起泼来："怎么了，老娘不就是锻炼锻炼跳跳舞吗，这比你在外养小婊子强，别惹我，你惹我咱就撕破这张脸皮碰一碰……"

只这几句话，米局长立刻就没了戏，上一边坐着抽烟了。小兰知道，米局长这个人是个很要脸面的人，和女人吵架从不大吵大嚷，或者憋着气摔东西，或者是闷头抽烟。

胡小云是一个令小兰琢磨不透的人，她撒起泼来活像一条气疯了的母狗，呲牙咧嘴，不停地汪汪。但不消十几分钟就会烟消云散，该干什么干什么。该往脸上涂面膜，她绝不往脸上抹浆糊，该去用一桶牛奶洗澡，她绝不少倒半桶，而且她会马上把刚刚还气得脸红脖子粗的丈夫哄得团团转。

她会当着小兰的面勾住丈夫的脖子，小鸟依人般地说些让小兰听了肉麻的甜言蜜语；她会在吃饭的时候将自己的两条腿伸到丈夫的怀里来回地揉搓扭动。

但谁也弄不清，她会忽然在什么时候就露出狰狞的面容，“呜”一下子就咆哮起来，也许是正在吃饭的桌上；也许是在睡觉的床上；也许是在厕所里……

据胡小云自己说，她过去是当医生的（有个邻居在小兰面前揭胡小云老底说，她过去在医院只不过是一个小科室打杂的，连护士都算不上），后来，才调到人大的一个科工作。

胡小云对小兰也是这样，高兴起来跟小兰唠，也唠得亲亲热热，拍手拍背，一副大姐姐的样子；不高兴了，脸子立刻沉得和水一样，像使唤驴一样使唤小兰，像骂阶级敌人一样骂小兰。她不像她的丈夫，米局长是一个轻易不言语，轻易不流露自己感情的很严肃的人，他没有什么幽默感，他的表情肌几乎不发生什么变化，他脸上最生动的地方就是那双总是转来转去的小眼睛。

别看米局长能容忍胡小云的撒泼耍赖，但是在家里却是他说了算，那是因为这套总共五室两厅的房子是人家米局长挣来的，不管是怎么挣来的，反正是米局长的。那送给胡小云弟弟妹妹的三套房子也是人家米局长挣来的，这房子里所有的存款和高档家具也是人家米局长的。且不说胡小云那些七兄八妹们现在干得舒舒服服又有脸又有面的工作啦，哪一样离开人家米局长了？所以说，这才是问题的关键。这就决定了这个家大事都得人家米局长说了算，哪怕米局长的意见是错的，也得米局长说了算！

小兰想，所以那胡小云撒完泼后立刻就变得小鸟依人，立刻

像蛇一样缠住丈夫；立刻便会说一些甜言蜜语，来弥补刚才一时发疯说出来的那些气话，那样子就好像米局长根本就没在外边养什么小老婆，全是她自己这张破嘴编出来的。

只有小兰才知道，米局长在外边肯定有女人，不说那米局长常常夜不归宿，就说米局长内衣上那些奇异的香水味吧。胡小云只用一种法国牌子的香水，其他杂牌子的东西一概不用，所以胡小云内衣上的香水味道和米局长内衣的香水味绝不相同，而米局长自己却什么香水都不用的，但他扔给小兰洗的内衣却有一些其他香水的味道，有时候甚至很刺鼻子。米局长是个很讲究的人，他只要在外边过夜或回来得晚，都要先进浴室，洗干净后，换上新的内衣才进家里的餐室，才上家里的床。他的内衣也更新得非常勤，一件衬衣穿上一个月就扔了不再穿。所以米局长夫妇每年向灾区捐的衣物最多。

胡小云梳一头短发，但米局长的内衣有时候就会把几根长发带回来，这些只有小兰知道。小兰也不过是个十几岁的小孩子，一开始并不知道，但胡小云是个很情绪化的人，常在和丈夫撒泼时甩出些个怪话来，这就让小兰多了个心眼，但她只把这些事记在心里，从没和胡小云及外人说过。她不想在这个家里惹事。

胡小云因为从不动手干活，从不洗衣服，她当然就不知道这些细致的事啦。更何况她的心都在舞厅和美容院里，哪有心思去翻看丈夫脱下的脏衣服。

当然了，胡小云对丈夫外边的事肯定是知道的，否则，她也不会抓着丈夫的小辫子一打仗就翻出来。

只有这一个杀手锏拿出来，米局长才会蔫一会儿。平常米局

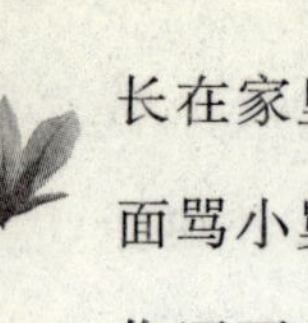

长在家里也霸道得很、蛮横得很。有一次,他竟然当着丈母娘的面骂小舅子:"娘的,你花了老子多少钱?你他妈的房子、车子、工作还不都是老子给整的,你在我这要什么公子哥作风,要不是我,你他妈的还不是在地垄沟里捡豆包吃的狗吗?"

米局长几个"他妈的"一出口,小舅子和丈母娘都低下了头。是呀,你胡小军有什么能耐,你一个种地的,愣是给市长开上了车,愣是进了市长办公室。如今硕士生想混一口饭都不容易,大本更是像苍蝇一样多,无钱无门路的,想谋一个好差事有点类似于街上那个蹬人力车的打算娶张惠妹为妻,基本就是痴心妄想。

小舅子听了姐夫的话,像一条受伤的狗一样夹着尾巴走了。丈母娘也装聋作哑地不吭声。

小兰很解恨。

因为这胡小军每次来了都指手划脚地要吃这要吃那,小兰只好满街跑着转,回来还得侍候他。胡小军来吃一顿饭,比她上山砍一天柴还累,砍柴是身体累,而胡小军一来她身体累、心也累。胡小军是比胡小云还难侍候的人,弄不好他会将盘子扣过去,泼你一身的油水。

米局长在胡家的威信是越来越高了,没人敢说他半个不字。

有一次小兰陪米家夫妇回老家,嘿!可让小兰开了眼了,她没想到个子矮矮、眼睛小小、肚子大大、貌不惊人的米局长在胡家庄竟会那么受众人的敬重。

米家的车子一进胡家庄,忽啦啦一群人就围了过来:"啊!胡家的大女婿回来啦,米局长回来了!"人们奔走相告着。用羡慕、惊喜和嫉妒等各种复杂的表情迎接着胡家的女儿女婿。那阵势

叫一个大。而米局长，这个胡家的大女婿是个能耐人，胡家的七大姑八大姨都让他安排了。胡家吃的、用的、住的，哪一样不是人家这个大女婿给安排的？别看人家其貌不扬，但就是有能耐，这十里八村的谁人能比，谁人比得起？老胡家真是烧了高香了，哪辈子积德，才攀上了这门亲戚。

当然啦，也有看着米局长的车子一进村就向脚下吐痰的："呸，有什么了不起的，这世道！"

旁边便有人讽刺他说："你可别这样，我看你巴不得女儿能嫁这样的一个人。"

这句话一下子戳到了吐痰人的痛处，因为他家的女婿虽然一个个长得油头粉面，但个个都是无能之辈……

（十九） 冲 突

晚上，米家夫妇都没回来，小兰便和米诺看电视。米诺查找一些娱乐性的节目看，小兰不喜欢，她想看电视剧。米诺说："你知道我们班的同学管电视剧叫什么吗？"小兰问叫什么，米诺撇撇嘴说："电屎剧。"

小兰"噗哧"一声乐了："你们就会糟蹋人，不过，你知道我们学校的学生怎么评价你爱看的娱乐性节目吗？"米诺歪过头来认真地问："怎么评价？"

小兰眨眨眼说："生活毫无乐趣，那些穿着奇装异服的主持们只有八卦无聊的事情，还牵强附会地制造一些虚假的繁荣笑声，不是媚俗，就是媚上。有时候满台的人窜来窜去，干什么哪？搞不清。我爸爸从不让我看，说那些都是娱乐圈内的人和朋友们利用电视台自己在搞朋友聚会找乐子，不是给我们这些人看的。"

米诺："那你不喜欢看小品吗？全国人民都爱看的。"

小兰说："哪个调查说全国人民爱看了？全国人民爱看是因为电视上全是这些东西，这些人，没其他东西可看，才不得不看，我爸爸就说过小品相声都太贫了，没什么深度，不是埋汰我们农村人无知，就是寒碜我们乡下人傻，反正是埋汰得越垃圾，假笑声

就越多。”

米诺笑得气都喘不上来啦：“哎哟，乐死我啦，你们乡下人也太歹毒了，一点儿都不给小品演员留面子。”

笑了一会儿，米诺忽然抬起头严肃地盯着小兰说：

“你爸爸不是农民吗？他很有想法啊！”

小兰说：“你的意思是农民就没有思想、没有脑袋了，是吗？你以前是不是把乡下的人、乡下的孩子都看成白痴了？”

米诺毫不客气地说：“是，我有点瞧不起农村人。”

小兰说：“你的妈妈不就是个农村人吗？”

米诺说：“可能就是因为她我才瞧不起农村人吧！你看她们家里的那些人，全像狗一样跑到爸爸的身边来讨饭吃，一点儿骨气都没有。要是我，才不屑于巴结爸爸这种人呢！”

小兰说：“我向你发出严重警告，不许你污蔑所有的农村人，你妈妈的家庭只是个别，你不要以点带面。”

米诺看小兰动真气了，忍不住推她一把说：“别生气，我可没说你，再说啦，有许多农村人来到城市都成了精英，而许多祖祖辈辈居住在城市小胡同里的人，尽管他们靠天时地利地住在城市，但仍没什么发展，到现在仍居住在贫民区里。”

小兰说：“这是谁说的？这话听起来还满顺耳的。”

米诺说：“这是一位祖籍农村的精英说的。”

小兰说：“我还真想认识一下这位精英。”

米诺说：“远在天边，近在眼前。”

小兰把抱在手里的枕头向米诺砸来：“不自量力！大言不惭。”

俩人嘻嘻哈哈地追打起来。

这一番的争论，使两个人的关系迅速拉近。米诺觉得这小兰尖嘴利舌不可小看，与自己还真是投缘；小兰呢，觉得这米家的大小姐还真不难沟通。

可是，就算是关系再好，两人毕竟是主仆关系。做饭的时间一到，小兰不敢耽误一分钟，立刻乖乖地进了厨房，择菜、洗米，忙得团团转，米诺则立刻拿出大小姐的派头来："小兰，把美国大榛子递给我。"

那盒美国大榛子就在米诺旁边的床头柜上，但她却手都不想伸一伸，小兰只好扔下厨房的活进屋，从床头柜上拿起盒子递给躺在波斯地毯上正与甜点玩耍的米诺。

小兰刚进了厨房，米诺又喊上了："小兰，你帮我剪剪指甲！"

小兰压抑着自己的情绪说："我正在做饭，你自己剪吧！"

米诺霸道地喊："我现在让你帮我剪指甲。"

小兰继续克制着自己的情绪说："这样不卫生，我在做饭，你怎么可以让我帮你剪脚上的指甲！真是搞不懂你这种人怎么想的。"

米诺从地毯上反弹起来："你以后少在我面前说行、还是不行，你在我面前只能说一个字——'是'。"

小兰像遭到了当头一棒，立时懵了，气得脸也红了。她终于忍不住了："你少在我面前甩威风，咱俩虽是主仆关系，但人格平等，我凭我自己的能力挣饭吃，而不像你一样做剥削者、寄生者。"

米诺忽然大笑起来："哎哟，你已经是个高中生啦，学过那句劳力者治于人，劳心者治人吧？这个社会能没有剥削吗？我不剥

削你，你上哪儿挣钱去？街上那些人力车夫，坐车的人不剥削他，他拿什么去买饭吃！一天没几个人剥削他，他还不快乐呢。小兰呀小兰，你也太简单了，还号称自己是有思想的孩子呢，嘿嘿，幼稚！来吧！剪完指甲我给你100元小费。”

小兰像一头受尽侮辱的小母狗，发疯似的冲进屋里将一个饭盆摔得“噼叭”乱响。

米诺“嘿嘿嘿”阴毒地笑起来，算是解了刚才小兰给她纠正英语发音时的心头之恨。

小兰没给米诺剪指甲，米诺也没再要求，这件事就这样不了了之。

吃晚饭的时候，小兰一声不吭地站在桌边侍候米诺吃饭，一会儿给米诺盛勺汤，一会儿给米诺递张纸巾。

米诺心安理得地吃着。

小兰盯着米诺，心里想：“也真吃得下去，要是我早噎在喉咙里咽不下去了。唉，真是啥人啥命，也许我真就是侍候别人的命，换了我坐在这吃，旁边有个人侍候着我，饿着肚子盯着我，我肯定吃不下去坐不住，不好意思啊，看来想做一个上层人还真得锻炼自己，努力提高自己不要脸的级别。”

小兰在心里诅咒着富人们的生活，诅咒着社会的不公平，凭什么胡淑清的一支口红就是我爸爸一年的年薪、就是我一年的学费，而为了这一年的学费，爸爸就惨死在水沟旁，母亲就发了疯，我就来这里给人做保姆。

小兰想到这儿，脑袋立刻有点眩晕，身体有点摇晃。

米诺斜睨了瘦弱的小兰一眼，点点对面的座位说：“我们一起

吃吧!"

小兰鼓着气说:"我一个侍候人的丫头,哪敢和大小姐平起平坐。"

米诺抬抬眼皮看了看小兰说:"侍候人的人还敢这样违抗主人的命令吗?我看你骨子里的傲气太重!"

小兰叹了口气说:"唉,穷人家的孩子,穷得就剩下这点傲气啦。可是,就是这点傲气你都不允许人保留,你非要残忍到把人的面皮都剥下来吗?"

米诺抬起头认认真真地看了小兰一眼说:"我敢肯定你将来不会一辈子侍候人的,你是一个很特别的人,我觉得你比朵莱那个土丫头还聪明。"

小兰问:"谁是朵莱?"

米诺说:"说了你也不认识。"

米诺仰着头认真地说:"好啦,咱们和解,请您坐下来与我共同进餐可否?"

小兰被米诺的表情逗乐了,坐在米诺的对面开始吃饭。吃了一会儿,米诺忽然又问:"小兰,你有过理想吗?"

小兰说:"穷人的孩子哪敢谈什么理想,我最大的愿望是早点挣钱养家!把母亲的病治好,供弟弟上学,如果还有积蓄的话自己也重新进学校读完高中,考上大学。"

米诺问:"那你现在为什么不读书啦?"

小兰说:"为什么?还不就是一个穷吗,现在公立高中也快成贵族学校了,学费、教育附加费、自习费、纸本费、报刊费、资料费、服装费、预防针等等,杂七杂八的钱压得穷孩子们快抬不起头来

了，农村的孩子大部分都读不起高中，读完高一后就走的走，散的散，男孩子们出去作苦力，女孩子们出来当保姆，刷盘子。”

小兰还告诉米诺她的父亲死了，她现在是家里的顶梁柱。

米诺听完，立刻有了一种要做大事的冲动。她说：“小兰，我让爸爸资助你上学去吧，不要在我们家干啦。”

小兰眼睛立刻闪出光来，但马上又暗淡下去了。她说：“你还得靠你父母养活呢，你爸爸能同意吗？”

米诺将胸脯一拍说：“不就是一年几千元钱吗？我爸爸会同意的，他不同意我就拿自己的零花钱给你，不过，首批的钱还要跟爸爸要，因为我最近支出很大，也需要向他伸手了，明年就好了，明年我省点，自己就可以做主都给你了。”

小兰认为米诺是在开玩笑，便没把这事放在心上，顾自收拾碗去啦。

晚上，胡小云一踏进家门，就见厅里放着米诺的包，便高兴地扑向二楼女儿的卧室：“诺诺，诺诺，你回来了！”

米诺很不愿意地翻个身说：“刚睡着，就让你吵醒了！”

胡小云生气地说：“看来你是一点儿都不想妈妈！”

米诺说：“就凭你这么私闯人家卧室，大呼小叫的，你说我能想你吗？”

胡小云说：“哎哟，我进自己女儿屋子，还要提前打个报告申请批示吗？”

米诺被胡小云逗笑了：“那倒不必，只是你现在得先到门口喊一声报告，我让你进你才能进！”

胡小云说：“死丫头，你要累死我呀，做你的妈妈是世上最倒

霉的事情啦。唉，还是歌中唱得好，世上最苦的药是后悔的药，我真后悔生了你，要是现在没你，我呀……”

米诺说：“要是没我，现在你可能就成高干啦，最次也能弄个大官太太当当。”

胡小云说：“死丫头，闭住你的乌鸦嘴巴！”

娘俩个儿斗完嘴便嘻嘻哈哈地滚在了一起。

不一会儿，米诺的屋里便传出了摔东西的声音，小兰支着耳朵听了半天也没听清她们娘俩在嚷什么，好像她们都在有意识地压低声音不让她听。

原来心急的米诺开门见山地就和胡小云谈起了想赞助小兰上学的事，胡小云一听立刻喝斥米诺昏了头：“她跟你米诺有什么关系，你少操那么多的闲心，爸妈弄俩钱容易吗？再说了，你姥姥家的事就让我够心烦的了，大钱、小钱都得从我这拿，要不是你姥姥家的那些破事，我能受你爹这些个气吗？你真是不知天高地厚了！”

第二天，胡小云又串通了米局长一起到米诺的屋里声讨米诺。米局长摆事实讲道理，历数挣钱如何如何不容易，米诺如何如何不懂日子是怎么过的，米局长说：“你知道你米诺这一年要消费多少？把我和你妈的工资加起来都不够呀！你还这么不懂事，要供一个不相干的人上学，嘿、嘿、嘿，你真是不知愁是何滋味呀！”

米诺在小兰面前夸了口，在父母面前却碰了壁，她觉得大丢面子。父母平日里挥金如土，给别人送礼送的全是上万的，如今让他们拿出几千元资助一个人上学他们都舍不得！

米诺被当头浇了一盆冷水，心里那个气呀："好了，好了，别再这样唠叨了，今天我算是了解你们了，让你们的 money 去长毛吧！"

米诺将床上的书包拿起来摔得劈啪乱响，一边整理自己的东西一边说。

米诺觉得自己在小兰面前夸下了海口，如今无法实现，她真是无法再面对她。为了表达自己的歉意，她送给小兰一部手机，这种手机她还有几部，全是别人送给爸爸的，连话费都不用自己掏。

"你要走？"小兰看米诺装东西便问她。

"是的，我要走，这个家实在是 rubbish！"

米诺高声喊着，跑出了家门。

"and so on！"

小兰在后边大喊，她手里拿着米诺的手机，她想给她，但米诺说："你用吧，我还有一部。"便头也不回径直消失在院外。

（二十） 悄悄消失

五一以后，朵莱出院，晃荡着一个空空的袖子回到了学校。同学们为她召开了欢迎会，欢迎会上除了米诺全班同学都到齐了。

欢迎会是在那颗被人剥了皮的玉兰树下开的。

那树上的新枝已经长得很繁茂了，虽然这棵树大部分已经死亡，完全是黑木头的形象，但有了这根新枝也显得别有韵味地充满了生机。

校园里其他的玉兰树照样茁壮地长着，但树上的花朵在这个季节早已经“零落成泥碾作尘”了。

同学们谁也不知道发生了什么事，打米诺的手机，手机关机。朵莱问左老师：“左老师，米诺请假了没有？”

左老师点点头，样子很沉重。

朵莱预感到米诺可能出了什么问题，但左老师不说，朵莱也不好意思往下问。

五月十八日，米诺来了，但她不是来上课的，她是来收拾东西的。她说自己转学了，具体是哪所中学，她不说。她说自己会给大家来信的，等来了信，你们就知道我在什么学校、哪个班级了！

“米诺，你是不是提前办了出国手续？”程青青问米诺。

米诺默默地捆行李，整理衣服，一声不吭。

天黑以后，一个人力车夫走进宿舍提起了米诺的行李。米诺不让任何人送她，跟在车夫的身后悄悄地离开了学校。

“不对呀，米诺绝不会坐这种她认为的下等人才坐的人力车的。”朵莱奇怪地说。

“我也觉得不对劲，米诺要是出国了，早神气活现的了，她可不是藏事的人。”程青青颤着脑袋说。

左老师仍然一如既往地上课，表情平静，也好像根本不知道米诺走这件事，但朵莱觉得左老师对这件事肯定是知情的。

朵莱很奇怪左老师的漠然态度，她觉得左老师应该对这件事重视起来，组织全班同学给米诺开个欢送会，米诺虽然是个不太守纪律的学生，但大家在一起毕竟这么久了。

过了几天，班里沸沸扬扬地传播着一些小道消息，说米诺的父亲被抓起来了，是米家的保姆把她父亲给告了；还说公安局从米诺家搜出了两千多万元的现金，还有七处房产；说米局长给自己十九岁的小情人花二百多万元买了花园别墅。米局长在国道修建过程中共收受贿赂上千万元，他还任人唯亲，把一个小区的建设工程都承包给自己的大舅子胡小力。

对这些消息，朵莱似信非信。

有一次，朵莱往办公室里送本子，见办公室里只有左老师一个人，便试探着问：“左老师，您知道米诺为什么转学吗？”

左老师瞅瞅朵莱，叹了一口气，转身从背后的抽屉里拿出一张报纸说：“你看看吧！”

朵莱展开报纸，一眼就看见了米诺的父亲站在受审席上的大幅照片，旁边是一溜巨大的黑体字……

朵莱刚要往下看内容，左老师却用手按住了说："你知道这件事就行了，别往下看了，也不要跟同学们说这些！"

朵莱说："同学们已经在嚷嚷了！"

左老师说："这是阻挡不住的，也许米诺转学是对的。她也怪可怜的，父亲被判无期，舅舅被判死刑，她母亲受不了这种刺激自杀了，现在她是一无所有了。"

"我不知道她转到哪所中学去啦！"

"郊区十二中，那里离她叔叔家近，她现在在叔叔家生活。"左老师说着从抽屉里又拿出一封信递给朵莱："你看看这封信，这是她临走前留给我的，里边有她的地址。"

朵莱展开里边的信读起来：

左老师：

您好！

也许你已经从报上知道我们家出事了，我就不在这里多说了。家里出了事，我没法继续在立才读书，我让叔叔给我办了转学，是郊区十二中，那里学费低，离叔叔家又近。

我没少气您，希望您别生我的气，请不要惊动同学们，我无法去面对他们，最好让我悄悄地离开这里。另外请您转告朵莱，代爸爸向她道歉，说声对不起，那个将她撞倒的人就是我爸爸，我也是刚刚知道的。

米诺即日

朵莱看了这个纸条，浑身哆嗦起来。

左老师说："我知道你无法接受这个事实，这也是我一直没有给你看的原因。现在他已遭到了惩罚，你就不要多想了，别影响学习。另外别因为这件事影响你和米诺的关系，她是她，她爸是她爸，米诺也很可怜，现在她已经成了孤儿了。你的父母非常善良和伟大，本来他们可以和学校联手上诉追究米局长的责任要求经济赔偿的，但看见米家已经家破人亡了，便劝告代你上诉的学校领导撤销了起诉书。"

"这么说，我父母知道这件事了？"

"他们早就知道了，一直没有告诉你，怕影响你和米诺的关系，也怕影响你的康复。"

从左老师那回来后，朵莱和父母通了电话，从父母那详细了解了一下情况。

爸爸说："孩子，不要想这些事情了，如果米局长现在还在台上做领导，他们一家人还好好的，我们有可能就接着告他，可现在他们已经这样了，怎么好再去落井下石？算了，过去的事就过去吧。你和米诺要好好相处，不要在她面前提这些事情，她和这些事都没有关系，这孩子也怪可怜的，完全是那个家庭的牺牲品，真是什么样的家庭，孩子就是什么样的命运啊！"

晚上，朵莱躺在床上翻来覆去地一夜都没有睡，这是朵莱长这么大第一次失眠。

夜已经很深了，凉飕飕的小风，从开着的窗子里吹进来，将白色的窗帘吹得来回地飘动。月光也不甘寂寞地钻进来，将那银色的朦胧的光辉挥洒在朵莱暗色的紫花被子上，也照在伸在朵莱被

子外的那条光秃秃的半截胳膊上。

在朦胧中，那辆蓝鸟车又向朵莱冲来……肉体和金属的碰撞声、飘在耳际的呼喊声、和车子拐弯的尖叫声交杂在一起重又响在耳畔，然后就是殷红的黏糊糊的血液弥漫了她的眼睛……

接着，那飘动的白色窗帘就变成了医生那一张张没有血色的苍白的脸，他们穿着白色的长袍，鬼魅一样地向朵莱逼近，然后扼住朵莱的喉咙，狞笑着拧断了她的一只胳膊……

"啊，疼啊！"

朵莱尖叫着坐起身来，满头大汗。

朵莱的叫喊惊醒了夏桔和程青青，两个人立刻从床上滚起来围到朵莱身边："怎么啦？朵莱？""啊，你哪里疼啊？"

朵莱喘息了一会儿说："啊，对不起，做了个噩梦。"

夏桔松了口气，她给朵莱倒了一杯水说："朵莱，别怕啊，我们永远在你的身边。"

朵莱没接夏桔的水，只是喃喃地说："不知道米诺怎么样了，我们该去找找她。"

夏桔说："是啊，我们该去找找她。"

周末，夏桔和朵莱、程青青三个按照米诺留给左老师的地址找到了米诺的叔叔家，米诺的婶婶打开大门冷冷地瞅着她们说："没在家，她在学校住。"说完"砰"的一声将大门关上了。

"一看就是个母夜叉！"程青青恨恨地说。

"一看她婶婶，米诺的日子也舒服不了！"夏桔叹着气说。

"上学校找她吧！"朵莱说。

她们一边打听，一边走，走了大概五六里路，才找到十二中。

敲开大门，对收发室的大爷说要找一个在这里住宿的女生。老爷爷说这个学校一个住宿的学生都没有。今天是周日，除了他，学校没别人。

她们傻了，你瞅瞅我，我瞅瞅你，一齐惊呼："米诺去哪了？"

老头摇摇头，"米诺？哪个米诺，不知道，不知道！"

她们唉声叹气地坐在校门口看着绿色的田野，听着树林里鸟雀惊慌的噪叫，不知道该怎么办好。

一年以后的一天，程青青告诉朵莱，有人在舞厅里遇到过米诺，说她好像天天在那里跳舞。朵莱问程青青是哪个舞厅，程青青说是解放路上的俱乐部。米诺怎么能去舞厅跳舞？她还是一个学生呀？朵莱很为米诺担心，她想找几个同学去见见米诺，又怕人多伤了米诺的自尊。米诺是个很爱面子的人，她现在这种情况，肯定不希望谁都知道，朵莱决定自己去。

周末，朵莱早早地来到了解放路的俱乐部，她买了一张票，平生第一次走进了舞厅。因为朵莱来得早，富丽堂皇的大厅里还没有几个人。朵莱向四周扫了一眼，暗自想道："啊，多好啊！"光芒四射的枝形吊灯，挂着帷幔的高大窗户，光滑开阔的镶木地板、闪闪烁烁的镭射光线、轻松愉快的古典音乐……哦，还有那些陆陆续续走进来的香喷喷的女人。她们在门厅里脱去大衣，露出迷人的身段和漂亮的脸，露出光洁的肩膀和高耸的胸脯。她们踏上铺在宽大楼梯台阶上的红色地毯，在四周大镜子的映照下显得那么富有魔力。

米诺来得很晚，她在门口一出现就把朵莱惊呆了：她是那样的漂亮秀媚，细高的身段穿着薄如蝉翼的连衣裙，两条手臂从手

套边露到肩膀，头发拢得高高的……很快就有人来到她的面前，伸开一只手向她深深鞠了一躬。米诺妩媚地一笑，雍容大方地把一只手搭在他的肩上，踮起脚尖，旋转着消失在人群中。朵莱站在角落里用眼睛跟踪着米诺，看着她从这个舞伴的手上飞到另一个舞伴手上，听着她娇滴滴说话的声音，朵莱恍惚到了另外的一个世界。她似乎从来也没认识过米诺，啊，这是她们宿舍里的那个米诺吗？那个虽然傲慢但很孩子气的米诺怎么几个月就变得这么成熟？这么漂亮？这么娇滴滴？这么……朵莱不知道该用什么词去形容米诺。别看现在的米诺漂亮，但朵莱还是喜欢过去的米诺。

中间休息的时候，朵莱站在了米诺的面前，米诺看见朵莱，她一下子愣住了："你怎么来了？"

朵莱笑了："你能来，我怎么就不能来！"

米诺和朵莱来到了休息室，米诺要了两瓶饮料，两个人坐了下来。沉默了一会儿，米诺点上一根烟，自顾自地抽起来。

朵莱问："你学习怎么样？"

米诺笑了："早就不上学了。"

朵莱惊讶地张大了嘴巴。

原来米诺"五一"回家后，家里已经被法院封上了，叔叔将她接到了家中，只简单地告诉她父母因为犯了错误已经被拘留，让米诺在自己家先住一段时间，也不要上立才学校了，就转到十二中吧。于是米诺在叔叔的安排下就进了十二中，和堂姐姐米小妹在同一个班级。米小妹和米诺同岁，长相不如米诺漂亮，胆子也小，是个老实巴交的女孩。一开始两人的关系很好，米小妹对米

诺很照顾，家里外头护着米诺。米小妹的妈妈，也就是米诺的婶婶因为日子过得中等，在婆家不如胡小云受宠，所以，她现在对嫂子家的事有点幸灾乐祸。在大家面前，她同意米诺到家里来住，是因为想占点便宜，大哥家不是还有一处房产吗？嫂子死了，哥哥判了无期，米诺将来找了婆家，那房子还不都是咱的。可时间不长，她的如意算盘就落空了，原来胡小云自杀前已经将剩下的唯一一处房产转到了她弟弟胡小刚的名下，而她对此完全不知晓："呸，临死也不留念想！"她恨恨地想。

从那以后，婶婶几乎就不再正眼瞅米诺，碍于丈夫的面子她只是没将"你滚出去"这几个字说出口。

米诺天天看婶婶的脸色吃饭、做事，还要洗婶婶全家人吃饭的碗。米小妹有时想帮她洗，但婶婶总是借口将小妹支开。

米诺在家里憋了气，出来后就将气发泄在米小妹的身上，她让米小妹替她背书包，让小妹替她做值日，还让小妹替她写作业，将米小妹的零花钱全搜出来自己花，以此来报复婶婶。

米小妹也不是什么省油的灯，时间一长她也奋起反抗了。她不再在老师和妈妈面前坦护米诺，有一点小事就添油加醋地告诉老师和妈妈。米诺从此就开始了"水深火热"的生活，在家里干累活、脏活、吃剩饭，在学校里挨批评，遭冷眼。米诺的生活一下子发生了天翻地覆的改变，她恍如隔世，以前那优越的生活现在想起来像做梦一样。

让米诺恨之入骨的是，米小妹忘记了她们是一爷之孙的历史事实，将米诺的家庭丑闻在学校里全抖落了出去。于是米诺一下子在十二中"红"了起来，连外班的同学也都慕名前来"观赏"她。

窗台外每天都聚集了一群“好事者”。

“喂，哪个是米诺？”

“就是那个大个子女孩儿。”

“哟，长得挺漂亮呀，可惜爸爸是个贪官！”

“呸！喝老百姓的血长大的。”

放学的时候学生们往她身上扔臭鸡蛋、甩臭狗屎。

米诺的心情遭透了，她开始逃学。先是二天、三天，后来就发展到一星期、两星期地在街上游逛。

有一天她正在百货店里瞎转游，忽然被人拍了一下背，回头一看是郭姐，她高兴地跳起来，郭姐是米诺在美容店一起做美容的时候认识的，郭姐打量着米诺惊讶地问：“你怎么啦，衣服这么脏？”

米诺叹了口气说：“我成了孤儿啦！”

郭姐听她这么一说，立刻将米诺领到饭店，叫了四个菜：“吃吧，吃吧！可怜的孩子，怎么搞的？快吃，吃饱了再说。”

米诺狼吞虎咽地吃起来。

郭姐在一边看着米诺吃东西的样子。想起原来在美容店做美容时候认识的那个挑剔的、弯眉撇嘴怪罪美容师按摩不到位的女孩的样子，忽然心酸起来。

生活怎么会如此地捉弄人呢，一个好好的富家女怎么会这么快就变成一个小乞丐了呢？

吃完饭，米诺将家里的事全告诉了郭姐，郭姐什么也没说，拉上米诺就回了家。

郭姐的家是租来的，是面积不超过六十平米的两室楼，屋里

一床、一桌、一椅，两个纸箱子装着郭姐的衣服。米诺奇怪地问："看你这点家底，你可是目前中国最贫穷的人，可你怎么会有钱进美容院、有钱请我吃饭，而且出手那么大方？"

郭姐说："奇怪吧！妹子，学着点吧！广厦万间，睡床八尺，要那么多房子财产干什么，像你爸爸似的，房子、车子、票子一夜之间全没了。有钱吃在肚里、穿在身上、涂在脸上，那才丢不了、掉不了！"

郭姐说完就摸出一包烟，点上一支躺在床上，咪着眼睛抽起来。吐了一会儿烟圈，她睁开眼说："诺诺，你也躺一会儿吧，今后这就是你的家，有我一口，我也会分你半口的，你做我干女儿怎么样？"

米诺笑了："你才多大呀，让我做你干女儿，你可真会说笑话！"

"大一岁也是大，何况大五岁呢，过去的女人十七八岁就生孩子啦，我怎么就不能有一个比我小五岁的女儿呢！我看你就改口叫我郭妈妈算了，让我也尝尝当妈的滋味。"

米诺说："不，那多不自然，还是叫你郭姐的好，叫着上口，又亲！"

郭姐说："那好吧，随你便！你还上学吗？"

米诺说："不，我不想上学啦，没意思，没钱交学费，还得向叔叔伸手，再说，我一学习就头疼。"

郭姐说："随你便吧，你要是想上学，我给你弄学费；不上呢，就跟着我干，包你吃香的喝辣的。上学也真没啥用，我姐姐是念过大学的，可她当个小老师，日子过得又紧巴、又苦，一天天舍不

得吃、舍不得喝，出去逛街车都舍不得打，我只是个小高中生，可你看我过得比谁差，我进高档美容院，上高档饭店，出门打车。你别看我房子小，还是租来的，那是我根本不想在一个城市里久呆，我喜欢全国各地地串。哪个城市呆着舒服、好挣钱我就上哪座城市，要是买了房子和家具，我想走的时候怎么办？我这样多好，人家都是无官一身轻，我是无房一身轻，走到哪，房子一租就是我的家。我白天逛街，晚上进舞厅，钱一多就出国旅游。你说我这日子有多快乐呀，哪儿像我姐，当个小老师，一辈子就被锁定在一个男人身上、一座城市里、一个单位里，一直到老死！唉！那种人的生活才叫悲惨呢！诺诺，你愿意过哪种生活？”

米诺连忙说：“我当然愿意过你这种生活，那多精彩。”

郭姐拍拍米诺说：“唉！我一眼就看出来，咱们特投缘，今后咱俩就在一起闯荡江湖，踏平全国没商量！”

“可是，可是怎么挣钱呀！”

“就凭咱俩这聪明劲、漂亮劲，还愁挣不到钱？诺诺，这世界是给漂亮女人准备的，你就等着挣大钱吧！”

……

朵莱喝了一口饮料，狐疑地问米诺：“那么你挣到钱了吗？怎么挣的？”

米诺说：“怎么没挣到！”

朵莱说：“就跳舞？”

米诺笑了：“跳舞挣什么钱，来这里跳舞的多数都是一些想健身的老人，都是普通老百姓，没几个当官的。当官的都在饭店里吃饭泡小姐，没几个来这里找老女人的。我每天来这里是怕自己

发胖，锻炼锻炼。”

“我看这里并不像你说的尽是老女人老男人，也有一些年轻的人，我看他们的眼神好可怕，专门往你这样漂亮的女孩子身上盯。”朵莱说。

“那当然，谁不愿意看美的东西，女人见着漂亮的女人都想多看几眼，何况是男人啦！我喜欢来这里，就是因为这里的人都不知道你是谁？他们只知道你很美。他们欣赏你、赞美你，他们给你自信，让你觉得活着真是一件快乐的事情。”

朵莱说：“米诺，你这样不是长久之计，你不会总这么年轻的，你还是回到学校吧，学点本领将来才能养活自己，你没钱大家给你凑，一定会让你念完书的。”

米诺说：“唉，别说我了，我的生活你不懂，你是想要我回到学校接受大家的冷嘲热讽和你们的怜悯吗？”

这时候一个四十多岁的男人上前来请米诺跳舞，米诺立刻挽着他的手下了舞池。

朵莱走出舞厅，叫了一辆车子回了学校，感到米诺已经永远远离了她们宿舍，再也不是201一床的那个米诺了！

当米诺再次见到父亲时，是在法院的审判厅里，米诺的父亲站在被告席上，小兰站在原告席上。小兰侃侃而谈，说了许多让听众大感意外、大感惊讶、大感愤怒的事实，而且她还拿出了许多物证，还有两盒录音磁带，磁带里有一段米局长和夫人的一段关于胡淑清的弟弟打死人他们去送礼回来之后的一段对话。也有米局长行贿受贿时和别人的对话。

全场哗然，一片议论之声，有骂米局长的，有赞扬小兰的，也

有人说小兰人小鬼大，还有的说小兰可能是有背景的人安插在米局长身边的。

米诺这才知道是小兰告了爸爸，她愤怒地将一个香蕉皮扔在了小兰的身上，转身离开了法庭："呸！小人。"她不想再听下去了，她恨自己看错了人，当初竟然还想资助这条咬人的狗去上学。

尾　声

又一个春天来到了，校园里的玉兰树又开始枝繁叶茂，花团锦簇。香气弥漫了整个校园，那棵被剥了皮的玉兰树，虽然三分之二枝头上什么叶子都没有，但那段新长出来的枝却生机勃勃，还开出了像云朵一样白色的花朵。

夏桔和朵莱站在寒风中看这棵玉兰，夏桔说："皮都被人剥了，我以为它一定死了，没想到它又活了过来。"

朵莱说："大自然就是这样，生生不息地延续着，即便是死亡，也会顽强挣扎着凤凰涅槃，破蛹重生。"

夏桔抱着朵莱空洞洞的胳膊说："嗯，我们两个也要顽强。"

升上高三以后，程青青跟着父母移民到了加拿大。夏桔接到了张峥从清华大学的来信，信里夹着一片红叶，信很简单，只一句话：我在大学里等你。

夏桔给他回了信也是一句话：如果我考不上大学呢？

不几天张峥又来了信，信里夹着一张挑篮子卖菜的女工照片，女工的脑袋上写的是：此人是夏桔。下边还有一句话：我陪你一起上街卖土豆。

夏桔忍不住大笑起来。

米诺呢？她的情况很糟糕，因为郭姐将客户的大量保险资金据为己有，并且潜逃得无影无踪，米诺被公安局传讯，直到这时米诺才知道郭姐最近一年是以她的名义做的保险业务员，用她的各种证件获得的保险公司的信任。米诺这才如梦方醒，大呼上当。在传讯她的过程中，公安局发现米诺吸毒，她被送进了戒毒所。夏桔和朵莱去看她时，她正蜷缩在一个空房子的墙角里，吸一根纸烟，衣服脏脏的，头发很长也很乱像很长时间没洗过一样！

她看见夏桔和朵莱，眼睛立刻一亮，但随即便暗淡下去。她扔掉了手中的烟头，耸耸肩膀冷漠地说："你们来干什么？来看我的笑话吗？看我这么悲惨、这么可怜，然后施舍一点你们那施滥了的同情心！"

朵莱什么也没说，站了一会儿，把一个鼓鼓的大包放在她的面前，然后拉上夏桔转身向门口走，在即将关门的那一刻，朵莱转回头来说："米诺，好好地保重自己，出来后来找我和夏桔，你记住，我们永远是你的朋友！"

门"砰"的一声关上了！

米诺爬到大包面前，她划开拉锁，里面装满了她原来在学校爱吃的各种零食。米诺"哇"的一声，失声断气地大哭起来。

夏桔和朵莱站在铁门外边也流了一脸的泪水。

什么样的家庭造就出什么样命运的孩子，这话真是很有道理，朵莱想，如果米诺不是出生在米局长的家里，不是生活在那样的环境里，今天的米诺就不会是这样的命运。为此，朵莱真的很庆幸自己的出身，庆幸自己有正直善良的父母。

从戒毒所回来后，朵莱就给爸爸挂了电话。朵莱的爸爸经过

多年的奋斗，已经成了这一地区相当有名的实业家，后来又搞起了食品加工业，事业如日中天。

朵莱把米诺的情况告诉了爸爸，希望爸爸能帮助米诺。爸爸沉吟了一会儿说：“可以，只是她得在戒毒所戒完毒，如果现在就接回来，她的毒瘾犯了怎么办？”

朵莱说：“我问戒毒所的所长了，她大概还需要一个月的时间。”

爸爸说：“我明天就去看看，给她换个条件好一点的房间。”

一个月后，一辆小轿车开进了戒毒所的大门，朵莱和父母把米诺接到了自己的家中。

在休养了一段时间后，米诺又重新进入了立才学校。本来根据她的情况，不应再跟着原来的班级进高三。可是高三（三）班的学生们跟校长表示一定要帮助米诺补上落下的课程，朵莱和夏桔还拍胸顿足地跟校长发誓说什么米诺要是成绩差，就拿他们是问，左老师也表示要带好米诺。

校长这才大笔一挥，把米诺写在了高三（三）班的学籍档案里。

……

几个月后的一天，米诺被人从教室里叫了出来，说有人找她，米诺走到门口，她看见一个穿着一件很旧的黑羽绒服的人站在寒风里，脚上的鞋子沾满了泥和雪，米诺怒火中烧，大喊一声：“赵小兰，你还敢来找我，我恨你！”

小兰苦笑了一下说：“我知道你恨我，我是来还手机的，我们穷人是用不着这种东西的。”小兰说完就将一个布包递给了米诺。

米诺拿过布包看看，忽然“啪”的一声就扔在了地上：“被狗抓过的东西，人怎么还能用！”

小兰本来已经转过身走了，但她听到这句话立刻就回过头来，脸上全是泪水：“米诺，我知道，我破坏了你的幸福，可是我的生活你懂吗？一年前，你的那个做开发商的大舅胡小力丧尽天良打死了人。你知道那个死去的人是谁吗？他就是我的爸爸！我的爸爸死后，妈妈受不了刺激又得了精神病，我只好放弃学业出来做保姆挣钱养家，给母亲治病，你说你的爸爸该不该进监狱？”

小兰说到这已经泣不成声了。

玉兰树静静地站在校园里，静听着小兰的哭声……